无边丝语

王铁治 著

中国文史出版社

图书在版编目（ＣＩＰ）数据

无边丝语 / 王铁治著. —— 北京：中国文史出版社，
2021.11
ISBN 978-7-5205-3248-8

Ⅰ.①无… Ⅱ.①王… Ⅲ.①文学 – 作品综合集 – 中
国 – 当代 Ⅳ.①I217.2

中国版本图书馆CIP数据核字(2021)第202088号

责任编辑：赵姣娇
装帧设计：彭志信　欧阳春晓

出版发行：中国文史出版社

社　　址：北京市海淀区西八里庄69号院　邮编：100142

电　　话：010-81136606　81136602　81136603（发行部）

传　　真：010-81136655

印　　装：廊坊市海涛印刷有限公司

经　　销：全国新华书店

开　　本：787×1092mm　1/16

字　　数：180千字

印　　张：20.75

版　　次：2022年3月北京第1版

印　　次：2022年3月第1次印刷

定　　价：59.00元

自　序

　　小时候，我是学校里有名的淘气包。但不知父母为我搭错了哪根神经，偏偏我就特别喜欢写作。那时的新华书店离我的学校很近，每到放学我总要到书店里转一圈，待一会，常常趴在柜台边上盯着那五花八门的图书出神。去的次数多了，售货员阿姨对我似乎有点警觉。混得熟了，阿姨们知道我就是喜欢书，也就不在意了，有时还会顺手拿上一本书，让我站在柜台边上看。这时我会拿出爸爸送我的那个硬面笔记本，把书里面我认为精彩的段落抄录下来。

　　书店的墙壁上，挂着很多写着领袖语录和名人名言的字画。那些富有哲理的，充满激情的，催人奋进和引人深思的语录名言，深深地吸引了我，于是我就像找到了宝藏一样，每天都去抄录，有时人家书店已经下班了我都不知道。

我的这份执着感动了书店的叔叔阿姨。有一天放学后，我和往常一样来到书店，可还没等我拿出小本本，就看见有位阿姨在向我招手。我跑了过去，没想到她竟然从柜台下面拿出厚厚的一沓纸条，上面都是抄录的名人名言。阿姨轻轻地拍着我的肩膀说："拿去吧孩子，这是叔叔阿姨帮你抄的。"我接过那沓纸条，只见那上面有的是钢笔字，有的是铅笔字，字迹也不一样，看着看着我的眼泪止不住流了下来。

小学的时候，我的作文成绩总是全班第一，还时不时会被拿去做全校的范文，那时我心里就悄悄的存下了一个念头，长大了我要当作家。

上中学了，最让我不能接受的事情发生了，我引以为骄傲的作文成绩一落千丈。尽管每次作文作业我都写得很努力，但成绩却一直在六十分上下。后来我终于搞明白了，原来是老师不喜欢我的文风。我写作文喜欢尽量用最短的文字把复杂的事情说明白，而这位老师则比较喜欢冗长。后来我尝试着写了一回我最不满意的裹脚布式的作文，竟然得了一个全班最高分。我觉得，不是我的作文写得不好，而是老师不喜欢我的作文风格，也算是道不同不相为谋吧。现在回想起来，当时是有些年少气盛，但是在写作自信方面，我也算是经受了小小的历练。

为了当作家的理想，我鼓足了劲，当我又买了三个大作文本想好好下下功夫的时候，学校停课了。我不想去搞什么文攻武卫，就只能去当了人人鄙视的逍遥人。有一阵子甚至想弃文从武，弄了块木头自己削了把单刀，和一帮毛头毛脑的小伙伴，去找一个外号叫"王山东"的老人家磕头拜师，因为听说老人家的一套六路弹腿很是了得。当老人家莫名其妙地把我们一个个从地上拽起来时，我们才发现，老人家原来只有一条腿。于是，这条路也算是断了。

学上不成了，武也练不成了，就跟着一群高年级的哥哥姐姐去了扎鲁特旗插队，成了来到草原深处的第一批知识青年。

看着我那一副瘦小枯干的身板，一双握不住锄杠的小手，社员们还以为是哪个哥哥姐姐带着来玩的小弟，直到在妇女队里增加了一个掰苞米的小男孩，她们才知道我也是知识青年。

四年农村生活的苦和累就不用说了，当我自己回忆起的时候都感到奇怪的是，那样艰苦的环境、简单的生活，那样沉重的劳作、枯燥的岁月，就从来没有让我有过半点退缩的念头。我爱上了那里的水，爱上了那里的山，爱上了那碧绿的草原，爱上了那清澈的蓝天，以至小小的年纪差一点就恋上"小芳"，锁上回城的门闩。

不知从什么时候起我又捡起了笔，开始记录身边的情景人事，开始学着写诗，做起我的诗人梦。我不懂平仄，不懂格律，不懂对仗呼应，不懂起承转合，只知道无拘无束地去描绘苍天大地，只知道真情真意地去抒发思绪胸怀。没有纸就去大队部找报纸带回集体户，看过后，就用一截短短的铅笔头，在报纸空白处上写诗。写草海里奔腾的马群如汹涌的波浪，写晨雾里静谧的山村那缥缈的炊烟，写山坡上盛开的杏花如春日的落雪，写晚霞中牧归的羊群像铺开的画卷。艰苦的环境，寒酸的纸笔，无碍我想象的翅膀，甚至觉得增添了某种苍凉的美感。

写诗真是一件美好的事情！

1972年哲盟师范学校恢复招生，我怀里揣着全队社员按着红手印的推荐书到旗教育局报考，见到了盟里来的招生人员。听说招生的那位老师是教师进修学校的语文老师，招考结束那天我就心血来潮，把自己的诗稿交给了他，期待他能给一点点教诲，当时心里真的是"妆罢低声问夫婿，画眉深浅入时无"的惴惴然。老师拿着我的诗稿翻了翻，满脸轻蔑地对我说："你这也叫诗，充其量也就是个长短句。"他的话深深地刺痛了我，那夜我把那本诗稿扔进了火炉，那诗稿的纸是我用鸡蛋换来的，誊写又在油灯下熬了几个夜晚。就在那诗稿刚刚燃起火苗的瞬间，我又把它抢了出来，尽管满手燎泡，可我一点也没有觉得疼，我知道就在这一刻，我已经把人生最艰难的一段路走完。尽管这浴火重生的诗稿已经残缺不全，但是，它已把我心中的百折不挠点燃。我的诗心是浇不灭的，我能在废报纸上用铅笔写诗，就一定能在报刊印上最美的诗篇。

1972年5月，那是一个细雨蒙蒙的日子，乡邮员送来了我的录取通知书。我被哲盟师范学校音乐班录取了。当天，我的好友茂桐赶着牛车送我去公社赶班车。我俩一路无语，只是一棵接着一棵抽着"蛤蟆癞"，直到我登上班车那一刻，茂桐才憋出一句："你有钱起票吗？"真的，我有钱起票吗？走得匆忙，除了录取通知书我什么都没带。

看着我的尴尬，茂桐从胸前的兜里拿出一沓皱皱巴巴的零票，说："先拿着吧，去了起票还能剩一顿饭钱。"我一句话都没说出来，只有眼泪滚滚落下。

茂桐扭头走了，我知道他是不想让我看到他也落泪了。其实茂桐在生产队的表现比我好，只是因为他父亲的那点历史问题，每次抽调，他被社员推荐上去，总是又被上面刷了下来。望着他远去的背影，我心里酸酸的。

这次命运转身，如果可以选择，我肯定要选文学专业，音乐纵然是得非所愿，也确是歪打正着。

不是自夸，我天生歌唱得好，从小学到中学，我的独唱每次学校文艺汇演都是要返场的。逍遥的那几年别人都在闹，我却和学校的音乐老师恩厚先生成了忘年挚友，悄悄地和他学唱歌、学乐理，没想到，这会让我竟然成了羊群里的牛牛。一样的练习曲，别人弹简谱我弹线谱；一样的乐理课，别人在听老师讲音调和节拍，我却在抠调式与和声。近三年的学习生活不仅让我汲取了丰富的知识，同时也给了我一个展示自己的平台。我独立创作了两部组歌的全部词曲，其中组歌《光辉的道路》还由我导演，由音乐班全体同学出演，搬上了舞台。

那时候，我写疯了，为了一首歌词和曲谱，我可以

连着熬上三个通宵。我是和自己较劲，更是和那个教语文的老师较劲，我就要把那些充其量的长短句写成最美的诗篇。

上学期间，我有幸认识了当时的哲盟艺术馆馆长陈稚卉先生。当我忐忑地把我的诗稿和后来的一些音乐作品拿给他看的时候，我做好了再一次被羞辱的准备。可陈先生是那样说的："这么多，你如果信得过我就先放在我这，我仔细看了咱们再交流行吗？"我感激地点了头。让我没想到的是就在第二天，陈先生就打来电话约我面谈。他问了我的生活经历，问了我的创作过程，问了我毕业后期待的工作方向。最后他说，如果你同意，毕业后希望你能来艺术馆工作。同意！同意！那是我怎样期待的一份工作，我看到自己的梦想真的就要实现了。

毕业分配的时候真的有一个去艺术馆的指标，而且艺术馆也点名要我。我高兴极了，梦里都在笑。通知书发下来了，同学们都以为去艺术馆的是我，谁都没想到去艺术馆的通知单上写的却是另一名同学。我知道我的梦想被别人偷走了。

1974年秋，我被分配到盟教育局工作。每天收发文件，统计数字，上传下达，枯燥的行政工作忙得我焦头烂额。可我还是舍不得放下心中的那支瘦笔，常常是机关已经下班了我还在办公室写东西，诗、小说、歌曲、散文都写，也在一些不痛不痒的刊物上发表过。我的科长，一个和蔼可亲的前辈见我愿意写作，便有意布置我写些小消息、小报道，这样我写的一些小豆腐块便经常见诸盟内外、区内外的报端，于是我便有些飘飘然了。直到有一次科长让我给盟委的一位领导写讲话稿时，我才知道自己的差距。当科长把领导退回来的讲话稿放在我的办公桌上时，不要说稿纸上满篇红笔的勾勾抹抹，就是写在第一页上的那句话，已经让我无地自容。领导是这样写的：请问，你是在写小说吗？

当晚，科长和我把彻底改过的稿子誊写完了的时候，天已经亮了。打那以后，我开始认真学习公文写作，直到后来我也熬成了教育系统的一支笔杆子。

多年过去，我本已无意文化圈子，偏偏又遇到了良师挚友，当地文坛宿将文联主席薛彦田先生。不知什么时候我写的几首小诗被彦田先生见了，先生便径直找上门来非让我撰集成书，于是这世间便有了我的第一本诗集《铁冶杂咏》。此时我已经临近退休。

有了一本小书便被彦田拉着入会，一不小心竟成了通辽老年作家协会的创办人之一，还被委任了常务副主席。就这么老了老了终于登堂入室，进了文化圈子。

那时还没有完全从工作岗位上退下来，参加文学活动还不那么自如，便躲在家里写诗。不知是什么时间场合自己说漏了嘴，又被彦田先生捕获了信息，也不知道是什么时间又被彦田先生报了出书计划，等我知道时彦田先生连序都为我写好了。就这样2009年我的第二本诗集《铁治随语》又出版了。说句心里话，人生得彦田这样的朋友一人足矣。

2015年的一天，彦田先生约我小酌。身为通辽老年作家协会主席的彦田先生推荐我当主席。我百般不允。彦田先生直言，他的年龄已然超过有关任职规定，思来想去只有我的年龄还好，德才胜任，我若不担，协会就黄了。没办法，只好由我这个除了年龄合格，其他方面都不合格的人接了主席大任。一晃几年过去了，老年作家协会这棵老枫树依旧枝繁叶茂铁骨铮铮，把一群花甲古稀之年的老人们聚在一起，点染江山风华，书写沧桑悟语，喝喝清酒新茶，说说陈年夜话，真是一件十分惬意的事情。

2019年夏，我的新诗集《岁月如歌》出版了。今年，又把这本《无边丝语》捧献给朋友们。

这本诗集的咏叹对象，都是我心中最宝贵、最珍爱的：我的祖国，我的故乡，我的朋友，我的爱人，我的晚生后辈。我写我的眷恋，我的追怀，我的感激，我的期盼。我自己认为，这本诗集其情也挚，其爱也真，字字出自胸臆，句句发于肺腑，其中多篇，是终夜不寐，流泪写就，熟悉我的亲友们，读了当可体味。

书印出来，得失毁誉，只能留待各位读者，尤其是各位方家指教。我最后要说的是，我真的用力了，用心了，用情了。

看到这本小书的，我识与不识的诸君，我爱你们！

目 录 Contents

家国情怀

铭　记

一百年过去了，
岁月用沧桑的手，
抚平了多少悲壮。

一百年过去了，
年轮用深沉的心，
铭记着多少英魂。

望着，
一行远去的足迹，
耳边回荡着，
先驱者的呐喊。

望着，
一行远去的足迹。
眼前迷漫着，
开拓者的征尘。

他们走了，

伴着，

一程炮火硝烟。

他们走了，

留下，

一腔赤胆忠心。

是他们，

让鲜血和生命，

染成的五星红旗，

庄严地升起在天安门广场。

是他们，

把镰刀和铁锤，

铸成的金色党徽，

骄傲地镌刻在人民的心中。

也许你是伴着，

共和国诞生的礼炮降生；

也许你是踏着，

志愿军凯旋的战歌来临。

你虽然不曾看过，
山河破碎的中国。
可你一定知道，
南湖碧水，
嘉兴红船，
是一行先觉，
撕开重重夜幕。

你虽然不曾经过，
苦难深重的岁月。
可你一定知道，
南昌城头，
八一军旗，
是一腔热血，
染红沉沉黎明。

也许你是随着，
改革开放的大潮崛起；
也许你是乘着，
科技腾飞的翅膀前行。

你虽然不曾听过，
地层深处的呻吟。

可你一定知道，

安源矿井，

万千劳工，

一个青年，

燃起星火点点。

你虽然不曾见过，

死亡线上的挣扎。

可你一定知道，

秋收起义，

万杆红缨，

一纸雄文，

擂起战鼓声声。

八角楼的灯光里，

一个农民的儿子，

昭示了，

中国的红色政权为什么能够存在。

井冈山的岁月中，

一个谦弱的书生，

坚持了，

正确的农村包围城市的武装斗争。

是他，
在镰刀铁锤下，
集结了千军万马。

是他，
在风雨兼程中，
凝聚了一代精英。

一路走来，
那是怎样的艰苦卓绝？
五次"围剿"的血战，
湘江边的小路上，
寸寸肝肠，
铺下了悲壮。

一路走去，
那是怎样的浴血抗争？
万里长征的拼杀，
高台县的城墙上，
铮铮头颅，
铭记着忠诚。

是他，

在生死关头，

擎千钧，

拨正了中国革命的航船。

是他，

在存亡绝境，

破重围，

点亮了遵义城头的明灯。

尽管，

茫茫草地，

忠骨铺路，

一步一汪血。

尽管，

皑皑岷山，

热血融冰，

百步一条命。

当万里长征，

会师陕北，

我们的党，

终于，
如苍龙入大海。

当人民军队，
洗尽征尘，
我们的党，
终于，
如猛虎登高峰。

是他，
持长缨，
缚强虏，
发千乘，
灭穷寇。
八年的焚心浴血，
百团奋勇，
把侵略者赶回东洋。

是他，
转星斗，
定风波，
握乾坤，
进北平。

四年的南征北战，

万帆竞发，

把独裁者驱入孤瀛。

一百年过去了，

历史会把许多名字淡忘，

可他的名字，

我们子子孙孙铭记。

东方红，

太阳升，

中国出了个毛泽东，

他为人民谋幸福，

他是人民大救星。

这是亿万人民真情的流淌，

这是亿万人民真诚的心声。

一百年过去了，

岁月会把许多名字淹没，

可他的名字，

我们世世代代传颂。

东方红，

太阳升，

中国出了个毛泽东，

他为人民谋幸福，

他是人民大救星。

这是亿万人民真情的流淌，

这是亿万人民真诚的心声。

毛泽东，

你那伟岸的身影，

从未走远，

一直在我们身边。

毛泽东，

你那慈祥的音容，

依旧清晰，

一直在我们心中。

我和祖国一起长大

那是七十年前的一个早晨，
朝阳染红了漫天祥云。
曾经灾难深重的华夏大地，
正演奏着一曲响彻云霄的旋律；
曾经饱受欺凌的炎黄子孙，
在等待着一个震撼世界的声音。

当一个巨人，
走过万水千山，
终于登上天安门城楼的时候，
广场里是沸腾的花海，
长街上是欢乐的人群；
万里之外宜将剩勇追穷寇，
千年古都一代精英定乾坤。

国歌响起，
这熟悉的乐曲，
在中华民族最危难的时刻，

激励了多少人奋勇抗争。

国旗升起，
这血染的红旗，
在中国革命最艰苦的岁月，
鼓舞了多少人前仆后继。

一双巨手拉开世界的帷幕，
一个声音如春雷响彻大地。
群山静听，
江河屏息。
毛主席庄严地向全世界宣告：
中华人民共和国中央人民政府，
已于本日成立了。

五洲为之动容，
四海为之奔涌，
经过血与火的洗礼，
一个崭新的国家诞生；
经过灵与肉的磨难，
一个伟大的民族崛起。
中国人民从此站起来了——
像一座山峰在世界东方耸立。

扬眉吐气的中国人，

曾经多少年，

在列强的铁蹄下，

含着屈辱的眼泪求生。

扬眉吐气的中国人，

就在这一天，

挺起了宽厚的身躯，

向着全世界露出笑容。

那是七十年前的一个早晨，

一声啼哭唤醒了塞外小村。

我就在那个日子呱呱落地，

竟然与共和国一个诞辰。

我就在那个时候睁开双眼，

看见满脸笑容的父亲母亲。

他们在为我的降生高兴，

可更让他们兴奋的是，

那天他们成了新中国的主人。

从此，

我的脉搏和祖国的心脏连在一起；

从此，

我的生命和祖国的命运生死相依。

我和祖国一起长大，

祖国和我一起经风历雨。

抗美援朝那会，

我刚刚会说爸爸，

爸爸就不知去了哪里？

后来还是妈妈告诉我：

"宝宝，

爸爸不在家，

爸爸去打美帝。"

她还说，

爸爸临走的时候给我起了大名，

叫胜利！

爸爸回来的时候，

我家已搬到城里。

那天，

一个戴着红花的男人走进我家小院，

看着他我咋就那么熟悉：

他一定是爸爸，

他一定是爸爸！

我毫不犹豫地扑到他的怀里，

我大声地喊着：

"爸爸，

爸爸，

我是胜利！"

小时候，

不知道祖国有多大。

梦想着，

一个筋斗十万八千里。

小时候，

不知道祖国有多美。

憧憬着，

那鸟语花香江川秀丽。

我不知道，

父辈们，

为摘掉一穷二白的帽子流下了多少汗水。

我不知道，

父辈们，

为描绘最新最美的图画创造了多少奇迹。

我看见，

钢桥飞渡天堑，

成片的高楼拔地而起，

贫弱的祖国一天天强盛。

我看见，

核弹爆炸成功，

联合国飘扬五星红旗，

人民的生活在一天天富裕。

那一年，

我上了小学，

虽然懂了，

"好好学习，

天天向上"，

长大建设社会主义。

但是，

我不知道，

和平的年代也不是没有炮火硝烟；

我不知道，

巨变的祖国同时经历着阵痛无比。

我读不懂，
爸爸脸上的凝重；
我听不懂，
妈妈夜里的叹息。

我不知道，
他们为什么流泪；
我不知道，
他们为什么欣喜。

直到有一天我长大了，
才明白，
祖国这艘巨轮自从驶入大海，
一直都在搏击着惊涛骇浪。

直到有一天我长大了，
才明白，
祖国这座山峰自从屹立东方，
一直都在遮挡着暴风骤雨。

父辈们老了，
当他们用缔造了共和国的双手，
把那副担子放在我们肩上的时候，

我才真正懂了，

祖国在他们眼里有多么宝贵。

我才真正懂了，

祖国在他们心里有多么厚重。

千言万语的嘱托，

他们是不放心，

因为他们知道，

前进的航程里还有激流和暗礁。

千言万语的叮咛，

他们是不放心，

因为他们知道，

复兴的道路上还有险关和陷阱。

我们的敌人诅咒，

祖国将在我们这一代垮掉；

我们的敌人预言，

祖国会因我们这一代断层。

然而，

他们的诅咒绝望了，

我们抚平了创伤，

像浴火重生的凤凰，
向全世界屏开了一片锦绣。

然而，
他们的预言破灭了，
我们开启了国门，
像战胜风暴的海燕，
骄傲地翱翔在蔚蓝的天空。

就是我们这一代，
挺起了祖国钢筋铁骨的脊梁；
就是我们这一代，
承载了祖国前所未有的沉重。

看如今，
烁烁中华，
旌旗猎猎，
改革开放，
让祖国繁荣昌盛，

凛凛兵墙，
剑戟铮铮，
治国强军，

让人民昂首挺胸。

看如今，
浩浩神州，
捷报频频，
一带一路，
广交天下朋友。

看如今，
泱泱大国，
民意融融，
中国制造，
重铸古国文明。

这又是一个清晨，
秋高气爽万里无云。
今天是我的生日，
那也是祖国的诞辰。

我和祖国茁壮长大，
一起经过冬的冰刀霜剑，
一起看过春花绽放。

我和祖国心心相印，

一起见过夏的电闪雷鸣，

一起去把秋果留存。

如今，

我已是七十岁的老人；

可我们的祖国年轻啊，

就像一轮朝阳升起。

如今，

我已是七十岁的老人；

可我们的孩子年轻啊，

就像一排小树成林。

祖国呀，

像相信我们一样相信他们吧！

领着他们，

去实现我们的梦想！

祖国呀，

像相信我们一样相信他们吧！

领着他们，

向美好的未来前进！

我的爸爸

爸爸，
娘生我的时候，
你不在娘的身边。
娘用她那苍白细弱的手，
捋着我头上稀疏的奶毛，
眼睛却盯着用麻袋连起的门帘。

忽地一下门帘被掀开，
一头扑进个壮汉。
那就是你——
我的爸爸。

狗皮帽子上落着雪花，
黑胡茬子上浸着热汗
你把一个蓝布包包，
塞到娘的怀里；
又把光腚的我，
贴在你滚烫的胸前。

你告诉娘，
明天攻城，
你带的是先锋团，
清一水的共产党员。

娘拉着你的手，
泪就在眼里转：
给儿子起个名字吧，
我们娘俩等你凯旋。

你小心地打开蓝布包，
里面竟然是五个鸡蛋。
你告诉娘，
这是全团战士的祝福，
孩子的名字，
就叫"五蛋"。

爸爸，
我记事的时候，
你不在我的身边。
娘是那样告诉我，
"爸爸在朝鲜，
朝鲜是前线"。

我不知道，
朝鲜离着多远。
我只盼着你，
天天打胜仗，
早早把家还。

爸爸，
我背上书包的时候，
你回到我的身边。
每当我趴在你的胸前，
抚摸着那一块块伤疤，
让你讲战斗故事，
你总是不肯开口。
可我从你的眼里，
看见了炮火硝烟。

爸爸，
尽管你从不像妈妈那样，
用软软的手摸着我的头，
亲亲地叫着"五蛋"。

我依然愿意，
捋着你的胡子，

闻着你的汗香。

爸爸，
尽管你从不像妈妈那样，
扶起摔倒的我，
又帮我把眼泪擦干。

我依旧愿意，
靠在你的胸前，
点燃你的纸烟。

如果，
妈妈好比门前的那条河；
那么，
爸爸就是屋后的那座山。

爸爸每天早出晚归，
上班下班。

有时一走就是半月十天，
回来时满身尘土，
一脸疲倦；

有时一熬就是几个通宵，
回来时满面春风，
一脸欢颜。

一直到上了中学才知道，
我生活的这座小城，
竟然是爸爸在当官。

有人说，
爸爸像加了煤的车头，
一直奔驰向前。

有人说，
爸爸像结了冰的湖水，
一副峻面冷颜。

我曾问，
爸爸你的官有多大？
能不能，
带我去毛主席身边？

爸爸说：
"我和毛主席一样，

都是人民公仆。"

我曾问,
爸爸你的权有多大?
能不能,
把我的同桌换一换?

爸爸说:
　"我和毛主席一样,
都是共产党员。"

记得,
我背起上山下乡的包,
离开家门的时候,
爸爸没有一句叮咛。
只是找出了那把抗美援朝时的水壶,
告诉我,
记住那个燃烧的岁月,
就会无往不胜。

记得,
我写好凄凄惨惨的信,
寄回家里的时候,

爸爸没有一句安慰。
只是邮来一张沾满血迹的入党申请，
告诉我，
那是一个牺牲的战友，
写在冲锋之前。

经过洗礼，
历尽磨炼。
当我带着几分成熟，
回到这熟悉的城市，
妈妈拉着我的双手，
流着眼泪；
爸爸却像看着归来的战士，
笑得——
那么坦然。

我对爸爸说，
我长大了，
前面的路，
一定会平平坦坦。
他却对我说，
前面的路还很长很长，
这才是人生的第一站。

恢复了高考，
我凭自己的努力考上大学。
毕业的时候，
我多想回到爸爸的身边，
我想在大树底下乘凉，
我想在羽绒被里安眠，

你那么决绝地对我说，
好男儿志在千里，
用自己的双手去开出一片绿地。

你那么深情地对我说，
好男儿志在四方，
用自己的双手去织出一片蓝天。

信了爸爸的话，
为了祖国的航天事业，
我一头扎进西北高原。
尽管那是一条艰辛的道路，
我喜欢这充满激情的挑战；
尽管回家的旅途山高水长，
我藏下心中那不舍的挂牵。

爸爸，

你老了的时候，

我不在你的身边。

儿知道，

你虽然离开工作岗位，

可那颗火热赤诚的心，

一直和党的脉搏一起跳动。

儿知道，

你虽然早就坐上轮椅，

可那条缀着弹片的腿，

一直随祖国的步伐勇往直前。

多少年过去，

我终于回到你的身边。

妈妈不再流泪，

笑的像花一样灿烂；

可从未哭过的爸爸，

眼里却是泪光闪闪。

我给你们讲，

卫星登月那激动人心的时刻；

我给你们说，
火箭发射那震撼大地的瞬间；
我给你们听从太空传来的乐曲，
我给你们看从月球发来的照片。

那从来未夸过我的爸爸，
突然推开轮椅站了起来，
想拉住我的手，
却扶在我的肩。

你第一次，
像妈妈一样抚摸着我的头，
帮我拔去鬓边的白发。
你第一次，
像个孩子哭得那么天真，
泪水湿透了我的衣衫。

你说，
我一直是你的心里美；
你说，
我一直是你的口头禅，

你说，

你好想看看火箭发射基地；
你说，
你好想摸摸载人宇宙飞船；
你说，
要不是保密条例有那么多约束，
也想看沙海日出；
你说，
要不是美国鬼子的炮弹伤了腿，
你还想去太空转转。

你悄悄地告诉我，
还想再活二十年，
想为我们这一代喝彩，
想为我们的下一代赞叹。
你悄悄地告诉我，
还想再活二十年，
想看见东方巨龙腾飞，
想看见大国雄风再现。

在这中国共产党，
建党一百周年的日子里，
我一个人来到你的墓前。

我抚摸着，
你那青石的碑身；
我擦拭着，
你那模糊的照片。

我想告诉你一个消息，
你一定会含笑九泉。
你的孙子今天宣誓，
他也成了一名共产党员！

年华在你的书页中璀璨

——读王磊先生抒情长诗

一个老人，

一席瘦园，

一方沃土，

一片蓝天。

岁月，

在你的笔尖下流淌；

年华，

在你的书页上璀璨。

一曲大刀歌，

曾鼓舞多少人在血火中前仆后继；

一首交响诗，

曾伴随多少人在花海里胜利凯旋。

那血染的红旗上有你的印记，

那冲锋的阵地上有你的呐喊。

当你，
把手中的钢枪换成犀利的铁笔，
你依旧是最勇敢的战士，
坚守在炮火硝烟的前线。

当你，
把心爱的军装换成粗布的衣衫，
你依旧是最勇敢的战士，
坚守在风高浪急的前沿。

九十年过去了，
那草原上的每一条小溪，
都流淌着你的赞歌。

九十年过去了，
那枫林中的每一片红叶，
都镌刻着你的诗笺。

你从齐鲁大地走来，
用你伟岸的身躯，
留下一行清晰的脚印。

你在塞外边城扎根，

用你赤诚的情怀，
织就一串美丽的花环。

你曾用欣赏的目光，
修改了多少稚嫩新作；
你曾用宽厚的胸怀，
容纳了多少文学青年。

草原文化的繁荣，
有你多少心血；
边塞文学的澎湃，
有你推波扬帆。

九十年过去了，
你依旧诗心不老。
用胸中锦绣，
描绘祖国的画卷。

九十年过去了，
你依旧豪情满怀。
用瘦园枯竹，
书写改革的诗篇。

你渴望，
随毛主席词中的百舸，
追赶时代前进的步伐，
永不掉队。

你渴望，
像高尔基笔下的海燕，
迎接暴风骤雨的考验，
勇往直前。

你沧桑的双眼，
依旧注视着变幻的世界。
你不老的童心，
依旧谋划着国家的明天。

你告诫人们，
两论是治国的法宝。
你期待精英，
坚守着正确的路线。

你让我无限感慨，
你那瘦骨嶙峋的胸膛，
依旧装得下祖国的大地。

你让我无比赞叹，

你那殚精竭虑的脑海，

依旧容得下祖国的蓝天。

一个老人，

一席瘦园，

一方沃土，

一片蓝天。

岁月在你的笔尖下流淌，

年华在你的书页中璀璨。

岁月在你的笔尖下流淌，

年华在你的书页中璀璨！

国庆的夜晚

国庆的夜晚，

多少人彻夜无眠。

他们是为那刀切般的凛凛兵墙惊叹，

还是被那战车上的国之利器所震撼？

他们是依旧沉浸在旗海中的沸腾，

还是依旧激扬在那歌声中的狂欢？

然而，

让我久久不能入睡的不是这些，

这些只会让我睡得更加香甜。

因为，

七十年的历程我和祖国一起走过，

一起见证了祖国日新月异的流年。

今夜无眠，

那是习主席的一段讲话，

如春雨在我心底流淌，

如春雷在我心田震撼。

社会主义中国巍然屹立在东方，
没有任何力量，
能够撼动我们伟大祖国的地位！
没有任何力量，
能够阻挡中国人民和中华民族前进的步伐！

更让我久久不能入睡的是，
在那七彩的花海中，
我又看见了毛主席的巨幅照片，
我看见他老人家又回到人民中间，
他那双巨手依旧在指引着我们向前！

等待春天

不要以为，
这里没有炮火的硝烟；
不要以为，
这里没有冲锋的呐喊；
不要以为，
这里没有扑向枪口的身躯；
不要以为，
这里没有坚守阵地的凛然。

这里就是战场，
面对着，
要毁灭地球的恶魔；
这里就是前线，
守护的，
是人类生命的安全。

当全世界的目光，
凝视着一个焦点的时候，

是中国，
用肩膀扛住了灾难。

当全世界的呼吸，
屏住了一个恐惧的时候，
是中国，
用手臂挽起了防线。

当一个又一个，
白发皓首的专家，
心急如焚地奔向武汉的时候，
我们懂了，
国家又面临着危险。

当一批又一批，
白衣战士的队伍，
风驰电掣地奔向湖北的时候，
我们懂了，
人民又面临着考验。

于是，
北京来了，
带着首都亲人的关怀；

内蒙古来了，
带着草原兄弟的祈愿；
全国各地都来了，
带着五十六个民族的重托，
万众一心生死共担。

于是，
南山来了，
他带着再出征的团队；
兰娟来了，
她带着逆行者的风采；
院士专家都来了，
带着攻克新冠肺炎的承诺，
众志成城同赴国难。

他们创造了，
十天建成火神山医院的奇迹；
他们再现了，
当年全民抗非典决战的场面。

看吧，
妻子拉着丈夫的手，
心里有重重的嘱托，

眼里是满满的眷恋：
去吧，
武汉是阵地的前沿，
他们安全咱就安全。

家里的事放心，
尽管——
娘躺在病床，
儿睡在摇篮。
这千斤沉重我能担！

看吧，
奶奶扶着爷爷的肩，
抚平他胸前的褶皱，
弹去他袖口的尘斑：
去吧，
疫情是出征的军号，
咱们还是老兵一员。

自己的事当心，
记住，
别忘了吃药，
别忘了洗脸，

可别给人家添麻烦。

一个个这样的家，
一群群这样的人，
没有豪言壮语，
却深知重任在肩。

一件件这样的事，
一幕幕这样的情，
没有缠绵悱恻，
却照样感地动天。

多少人，
伴着彻夜的灯光，
曾用生命拼搏在一线，
望着康复者走出医院的目光，
是他们留下的最后依恋。
没有遗憾，
只有对早日战胜疫情的企盼。

多少人，
踏着烈士的足迹，
冲向血雨腥风的前沿。

扛起先行者搏战瘟疫的重鼎，
是他们义无反顾的信念。
没有恐惧，
只有让阳光驱散阴霾的心愿。

那无眠的夜，
多少双母亲的眼睛，
望着静寂的夜空，
仿佛在看，
哪一颗星星是女儿甜美的笑脸。
她不知道武汉离家多远，
只想着孩子你是否安全。

那无眠的夜，
多少双父亲的眼睛，
望着寥落的庭院，
心里在想，
哪一片落雪是儿子寄来的信笺。
他不知道湖北是否还暖，
只想着孩子你几时回还。

这就是我们的中国，
以大海样的胸怀，

默默地承受着，
前所未有的磨难。

这就是我们的人民，
以磐石般的坚强，
静静地等待着，
百花盛开的春天。

我看见了你的眼睛

在那厚厚的防护服下，

我看不清你的面容，

但我看见了你的眼睛。

那灼热的目光里，

有着多少彻夜不眠的焦虑，

更有着百折不回的坚定。

在那厚厚的防护服下，

我看不清你的面容，

但我看见了你的眼睛。

那疲惫的目光里，

有着多少生离死别的悲伤，

更有着柔肠寸断的深情。

我不知道你的姓名，

我不知道你的年龄，

我不知道你是锦瑟七彩的帅男，

还是豆蔻年华的女兵。

我不知道你是满面沧桑的奶奶，
还是白发两鬓的老翁。

我只知道，
当乌云压城城欲摧的时候，
你们从四面八方向一个地方集结。
哪怕眼前炸响的电闪雷鸣，
国家的危难就是号角。
国家有我，
何惧逆行！

我只知道，
当巨浪拍岸岸欲倾的时候，
你们从京都边城向一个地方冲锋。
哪怕迎面扑来的恶雨腥风，
人民的需要就是命令。
人民有我，
何惧逆行！

你忘记了，
自己是八十多岁的高龄，
挥手招旧部，
挂帅又出征。

身负亿万重托，
胸怀华夏安宁！

你牢记着，
我们是与恶魔在抢时间，
兰心播希望，
杏手救苍生。
身负亿万重托，
胸怀华夏安宁！

你放下了，
还在吃奶的宝宝，
挥泪登长车，
握缨赴江城。
身负亿万重托，
胸怀华夏安宁！

你思念着，
娇妻深情的嘱托，
等你归来时，
热吻迎英雄。
身负亿万重托，
胸怀华夏安宁！

在那厚厚的防护服下，
我看不清你的面容，
但我看见了你的眼睛。
在那沉稳的目光里，
有着多少拨云见日的希望，
更有着生命归来的晶莹。

在那厚厚的防护服下，
我看不清你的面容，
但我看见了你的眼睛。
在那欣喜的目光里，
有着多少振奋人心的信息，
更有着七彩缤纷的黎明。

我不知道你的姓名，
我不知道你的年龄。
我不知道，
你是来自千里冰封的雪域，
还是四季如春的花城；
我不知道，
你是一个年轻花季的护士，
还是一个誉满杏林的医生。

我只知道，
那明亮的窗口上，
有你的眼神；
那忙碌的走廊里，
有你的身影。

我只知道，
你们是天使，
你们是英雄。
你们在，
国家无恙！
你们在，
人民安宁！

贺　卡

抚摸着，
藏在心头的岁月。
留恋着，
握在掌中的时光。

温柔着，
铺向天边的瑞雪。
弥漫着，
开满庭院的梅香。

一年过去，
多少激扬文字，
落笔成诗。

一年过去，
多少悲惋情怀，
抚弦成殇。

记得，
己亥岁尾，
疫情突起，
如叠云压城。

记得，
庚子年初，
新冠肆虐，
如重雾锁江。

一时，
九阜闭关，
黄鹤楼前游人杳。

一时，
三楚蒙尘，
古琴台上管乐伤。

幸泱泱大国，
政通人和，
号令出时山河动。

幸烁烁中华，

兵强民富，
旌旗指处云飞扬。

倾国力，
长山湘水，
一脉同承。

令三军，
蓝天碧海，
万里踏恙。

妖氛散尽，
九衢畅通，
方显大国本色。

魔顽伏首，
百业繁兴，
更知大爱无疆。

一年过去，
虽说静多喧少，
用一份安宁，
吸引了全世界的目光。

一年过去，
虽说深居简出，
用一份健康，
昭示着全人类的希望。

抬眸，
水墨清扬处，
渲染着，
你珍藏的新词，
温暖着春情。

回首，
烟花散尽时，
吟咏着，
你着意的晚唱，
弥漫着冬香。

我送一叶，
新年的贺卡给你，
我知你，
不喜灯红酒绿，
我愿你一世平安。

我送一声，
新年的祝福给你，
我知你，
不慕莺歌燕舞，
我愿你一生吉祥。

让我们一起，
骄傲着昨天，
送走绚丽的晚霞。

让我们一起，
祝福着今日，
迎来璀璨的朝阳。

忧伤的月亮

没有七彩的缤纷，
没有纵情的欢畅。
只有忧伤的月亮，
洒下一地的清凉。

口中的歌失去了悠扬，
杯中的酒淡去了醇香。
只有那撕心扯肺的牵挂，
疼着你的神经；
只有那千回百转的思念，
拴着你的热望。

尽管我知道，
有千万个勇士在一线奋战，
从中央到地方。

尽管我知道，
有千万颗心脏在一起跳动，
从首都到边疆。

我依旧想问一句，
武汉可好？
湖北咋样？

我依旧想说一句，
祖国安宁！
亲人健康！

没有佳节的喧哗，
没有丽日的盛装。
只有忧伤的月亮，
洒下一地的清凉。

静寂的夜璀璨着群星，
轻柔的风撩拨着寒窗。
是我把担忧压在了心底，
为你戴上红花；
是我把泪水变成了笑容，
把你送上车厢。

其实我知道，
那是奔赴没有硝烟的战场，
有流血有牺牲。
其实我知道，

那是冲向没有边缘的前线，
有危难有痛伤。

如今，
远行千里万里，
我依旧想问一句，
武汉可好？
湖北咋样？

如今，
跨过黄河长江，
我依旧想说一句，
祖国安宁！
亲人健康！

没有浮云的妩媚，
没有午夜的惆怅，
只有忧伤的月亮，
洒下一地的清凉。

雷神山上忙碌的背影，
仿佛就在我的身旁。
火神山上不灭的灯光，
已经照亮我的心房。

你知道，
我的一份牵挂，
一直跟进着你的脚步。
你知道，
我的一腔思念，
一直追随着你的目光。

你一定要平安归来，
你还没看过我的嫁妆。
你一定要平安归来，
我在等着做你的新娘。

如今，
远行千里万里，
我依旧想问一句，
武汉可好？
湖北咋样？

如今，
跨过黄河长江，
我依旧想说一句，
祖国安宁！
亲人安康！

热土·游子吟

走遍崇山峻岭，
蹚过小溪长河。
阅尽彼岸的繁华七彩，
尝遍世间的炎凉冷漠。

多少年过去，
我曾在楼林中驻足，
有过成功的喜悦。

多少年过去，
我曾在人海里漂泊，
有过失意的蹉跎。

多少年过去，
我像一片，
被云托着的落叶。
一直思恋着，
搁在心头的那捧热土。

多少年过去了，
我像一支，
被风吹响的柳笛。
一直吟唱着，
藏在心底的那首情歌。

梦里，
一泓清流，
在我心田荡漾，
那是教来河水，
闪烁的银波。

梦里，
一抹倒影，
在我眼前延伸，
那是古城白塔，
书写着史册。

千年苍榆，
绿荫如盖，
福佑万家平安。

百年老酒，
清香如蕊，
滋润百姓祥和。

这片神奇的土地，
有一个古老的名字，
沧桑了大漠风烟。

这座精致的小城，
有一个悠远的传说，
沐浴了边塞流火。

她，
就是开鲁，
根扎东胡，
繁衍了生生息息。

她，
就是开鲁，
花开北地，
装点了岁岁月月。

任凭风，
吹散我满头白发，
我在风中凝望。

仿佛看见，
老井上那架，
吱吱作响的水车。
那是我儿时的记忆，
那是我童年的欢乐。

任凭雨，
洗刷我满面褶皱，
我在雨中遥想，

仿佛闻着，
灶台上那碗，
腾腾喷香的拨面。
那是我心头的滋味，
那是我暮年的求奢。

我忘不掉，
那青砖红瓦的教室；
悠扬的钟声，

伴我上课下课。

我忘不掉，
那亲如父母的老师；
慈祥的目光，
看我满羽出窝。

在那里，
我读懂了，
一段又一段历史。
知道了，
烽烟大漠，
从前的兴衰枯荣。

在那里，
我记下了，
一个又一个名字。
知道了，
太平盛世，
从前的血雨腥风。

至今，
我依然唱响，

大刀进行曲。
麦新的名字，
在我心底镌刻。

至今，
我依然渴望，
瞻仰永发屯。
东来的名字，
在我眼前闪烁。

开鲁，
这片英雄的土地。
战火纷飞的岁月，
一片榆树林，
斩了鬼子头。

开鲁，
这片深情的土地。
改革开放的时代，
一把红干椒，
暖了全世界。

我多想，
回去看看，
问问那低矮的土房，
咋就成了青堂瓦舍？
尝尝，
乡亲们的农家乐。

我多想，
回去走走，
问问那乡间的小路，
咋就变得笔直宽阔？
品品，
新农村的好生活。

听说，
那里的人们，
厌倦了城市的喧嚣，
在寻一处净土。

听说，
那里的人们，
远离了楼林的拥挤，
想搭一棚草舍。

我多想，

回去走走，

假如能迈开这双木腿。

但愿有风，

托着我——

这片飘零的落叶，

回归生我的那片热土。

我多想，

回去看看，

假如能放下这身沉疴。

但愿有雨，

载着我——

这缕忧伤的深情，

汇入养我的那条大河。

伟哉 中国

庚子年初，
鄂地大疫，
愁云锁江，
瘟孽驱鹤。
龟山为之涕泪，
蛇山为之泣血。

幸，
泱泱大国权贤政通。
幸，
烁烁中华民富人和。
举国力，
森严壁垒，
融民意，
众志成城。

群贤毕至，
商大计；

枢院红庭，
定良策。

集圣手，
八方杏林传镝；
动兵车，
海空鹰驰舰掣。

月余，
阴霾渐远，
曙光初现。

月余，
毒魔伏首，
民心大定。

伟哉，
华夏儿女，
伟哉，
中华古国。

道德红

——写于道德村红干椒收获的日子

从一粒金黄的种子，
用嫩嫩的身躯，
钻出肥沃的黑土，
娇美了一春。

从一片翠绿的叶子，
用壮壮的枝桠，
挂满修长的青角，
招摇了一夏。

当初秋的风，
轻轻地拂过原野，
检阅丰收的时候。

也在，
火辣辣地告诉人们，
红干椒熟啦！

当晚秋的霜,
悄悄地染上草尖,
传递喜悦的时候。

也在,
甜蜜蜜地告诉人们,
红干椒熟啦!

红干椒熟啦!
放眼望去,
像片片晚霞,
靓了小村的田野。

红干椒熟啦!
放眼望去,
像团团流火,
暖了百姓的心窝。

从前,
也是这一块块黑土地,
折腾着辛勤的汗水。

从前，
也是这一条条南北垄，
承载着富裕的梦想。

日复一日，
依旧是，
恬恬淡淡的日子。

年复一年，
依旧是，
平平常常的劳作。

谁承想，
是这红干椒出口创汇，
富了千家万户。

谁承想，
是这红干椒漂洋过海，
引来金溪银河。

一捆捆，
一袋袋，
捆绑着，

红彤彤的愿景。

一车车，
一船船，
满载着，
金灿灿的生活。

盖房，
买车，
从前的模样，
变了一茬又一茬。

娶妻，
生子，
外乡的姑娘，
来了一拨又一拨。

道德红，
是咱的招牌，
引来了四海宾朋。

干辣椒，
是咱的财源，

奔涌着万顷金波。

多少人醉了，
不是喝了醇香的老酒，
是醉在热热乎乎的岁月。

多少人美了，
不是穿上华彩的新衣，
是美在红红火火的生活。

新年悟语·传承

夜深了，
稀疏了鞭炮的鸣响，
送走了锣鼓的欢喧。

夜深了，
放下了昨日的疲惫，
迎来了新年的企盼。

昨天真的好累，
仿佛是一头老牛，
依旧在泥泞的道路上蹒跚。

昨天真的好累，
仿佛是一架风车，
依旧在晚秋的夕阳里旋转。

静静的夜，
静静地想。

想着想着哭了。
那一肚子委屈，
酿成满满的心酸。

退休的生活，
本以为会轻松惬意。
晚年的岁月，
本以为会快乐清闲。

当我的孙子孙女呱呱落地，
这美好的愿望就离我越来越远。

我自愿的，
以百倍的细心承接了抚养的任务。
我自愿的，
以千倍的热情挑起了教育的重担。

襁褓里，
我为孙子热奶把尿，
省了减肥药。

校门前，
我为孙女长接短送，

添了滑膜炎。

我蹬着一双穿了十年的旧皮鞋，
送孙子去学跆拳道；
我夹着一把满是窟窿的破雨伞，
送孙女去上舞蹈班。

有人说我小气，
舍不得花钱。
我小气吗？
为了让孙子孙女不输在起跑线，
什么奥数英语，
什么绘画朗诵，
为培养复合型人才，
一出手就是几百几千。

其实，
我也想把他们交给他们爸爸妈妈。
其实，
我也想和老伴一起逛逛名山大川。
其实，
我也想去学学唱歌跳舞琴棋书画。
其实，

我也想去练练太极九式大刀长拳。

多少回，
我真的想要放下。
真的想给自己的活法，
留下一点点时间。

多少回，
我真的想要放下。
真的想给自己的春梦，
留下一丝丝缱绻。

多少回想要离去，
一回头，
又把孙子搂在胸前。

多少回想要远足，
一抬脚，
又让孙女挂住双肩。

谁能够，
推得开亲着你老脸的小嘴。
一声甜甜的奶奶，

就让你老泪纵横。

谁能够，
放得下数着你胡须的小手。
一声美美的爷爷，
就让你笑容满面。

看着儿女们忙碌的身影，
我压下了去外国转转的热望。
只想让他们，
有更多的时间去努力工作。

看着儿女们疲惫的双眼，
我放下了回家乡看看的心愿。
只想让他们，
有更多的时间能睡得香甜。

再苦再累，
我能担。
我不求回报，
只要能看到他们满意的笑脸。

再苦再累，

我能担。
我不怕付出，
只要能听到他们理解的语言。

夜深了，
沉寂了料峭的北风，
远去了妩媚的月船。

夜深了，
敞开了岁月的心扉，
荡起了芳华的漪涟。

昨天说来也甜，
仿佛是一壶陈酿，
依旧在沧桑的田野上燃烧。

昨天说来也甜，
仿佛是一首老歌，
依旧在澎湃的心海里婉转。

静静的夜，
静静地想，
想着想着懂了，

那一肚子委屈，
便成了过眼云烟。

小时候，
我也曾相跟在爷爷的身后。
小时候，
我也曾依偎在奶奶的胸前。

夏日里，
枕着爷爷油乎乎的枕头，
听他讲那些老掉牙的童话。

冬天里，
摸着奶奶干瘪瘪的奶头，
轻轻吸吮着睡梦里的香甜。

我忘不掉，
油灯下奶奶为我补开裆裤。
一边补着，
一边骂着，
小王八羔子，
看让狗狗叼去你的小鸡鸡。

我忘不掉，

炕沿上爷爷给我扇大蒲扇。

一边扇着，

一边骂着，

小兔崽子，

看让蚊子叮花你的小蛋蛋。

他们从来不说辛苦，

他们从来没有抱怨。

他们从不在乎，

儿女脸上是否满带微笑。

他们从不稀罕，

儿女嘴里是否蜜语甜言。

他们好像从来就不知道，

为自己活着。

他们好像生来就只记得，

去操劳奉献。

我懂了，

这就是中国的父母。

养大儿女，

又去把儿女的儿女，

生命的第一个音符拨响。

我懂了，
这就是中国的父母。
养大了儿女，
又去把儿女的儿女，
启蒙的第一缕光明点燃。

我懂了，
我也是中国的父母，
为自己活着那只是奢望。

我懂了，
我也是中国的父母。
为儿女活着是祖辈相传。

我当用满怀深情，
报答前辈深恩。
我当用终生财富，
哺育后代繁衍。

只要我还活着，
哪怕腰早已压弯。

只要我还活着，
哪怕汗早已流干。

中国，
五千年的传承就是这样，
从昨天走到今天。
中国，
五千年的传承就是这样，
从今天走向明天。

沧田往洁

CANG TIAN WANG XU

盼你今夜入梦

——悼爱妻

曾相约，

一起去拥抱夕阳，

在灿烂的晚霞中燃烧。

曾相约，

一起去拥抱大海，

在奔涌的浪花里欢畅。

曾经，

在温暖的春日，

我和你手牵着手，

一起融入深情的风，

追寻从前的足迹。

曾经，

在安详的秋夜，

我和你肩挨着肩，
一起走进缠绵的雨，
沐浴眼下的时光。

我们从边塞小城，
来到繁华京都。
其实，
没有很高的奢望。

只想杏林圣手，
能圆几许期待。
让你伴我，
弹着那架老琴，
吟唱余生的浪漫。

我们从边塞小城，
来到大方高第。
其实，
没有很多的企盼。

只想人间奇迹，
再给几缕希望。
让你伴我，

守着一方老圃，
播种晚景的芬芳。

是我，
陪你走进医院。
你说：
"心里有点紧张！"
我轻轻地，
扶着你的后背，
你像撒娇的孩子，
把头靠在我的肩上。

是我，
把你送进病房。
你说：
"心里有点害怕！"
我柔柔地，
捏着你的手心，
你像初恋的情侣，
把脸贴在我的耳旁。

忘不掉，
你那一声，

"老伴等我！"
最短的嘱托。

忘不掉，
你那一眼，
深情回眸，
最久的目光。

谁能想到，
你竟然这样永远地走了。
走得又是那么匆忙，
让我连你的背影，
都无处张望。

谁能想到，
你竟然这样永远地走了。
走得又是那么匆忙，
让我连一声"老伴"，
都没能喊上……

医院通知我，
你病危的那个晚上，
我不知道，

哪一层楼里有你的病床。

那是，

多么煎熬的两天两夜。

我用一双瘸腿，

走遍了医院的每一个角落。

我大声地呼唤，

"老伴挺住！"

医院通知我，

你病危的那个晚上，

我不知道，

哪一个窗口有你的灯光。

那是，

多么煎熬的两天两夜。

我用一双泪眼，

寻遍了医院的每一扇门窗。

我虔诚地祈祷，

神灵上苍！

你终于出来了，

却再也不是，

从前的模样……

你紧闭的双眼，
含着多少不甘。
抚摸着你的脸，
疼碎了我的心肺。

你终于出来了，
却再也不是，
从前的模样。
你冰冷的双手，
握着多少失望，
亲吻你的唇，
痛断了我的肝肠。

难道，
你就这样，
永远停止了呼吸，
再也不能登上，
钟爱了一生的舞台？

难道，
你就这样，
永远合上了双眼，
再也不能来到，

注满了心血的琴房？
我问苍天，
苍天无语。
只有那灰蒙的云层里，
散落着暗淡的星迹。

我问大地，
大地无声。
只有那清冷的夜风中，
迷漫着昏黄的月光。

我多想知道，
你走的时候，
有没有痛苦，
是否还想喊一声"老伴"？

我多想知道，
你走的时候，
是不是安详，
是否还想看一眼太阳？

谁怜我？
哪怕，

能给我一点点时间，

让我，

为你擦去脸上的灰尘。

谁帮我？

哪怕，

能给我一丝丝希望，

让我，

为你抚平身上的创伤。

然而——

这一切都已成为昨天。

我只能看着你，

像天边飘浮的云，

随着落日，

堕入黑暗。

然而——

这一切都已成为过往。

我只能看着你，

像身边缭绕的风，

追着流星，

拂过山岗。

我们回家，
我们回家吧！
只有那，
一望无际的草原，
才能安放你的夙愿。

我们回家，
我们回家吧！
只有那，
亲如手足的姐妹，
才能接纳你的期望。

终于到家了！
可是家，
已失去了往日的温馨，
只有笼罩四壁的凄凉。

终于到家了！
可是家，
已失去了往日的祥和，
只有撕心裂肝的悲伤。

我，
静静地，
凝视着你的遗像。
往事像刀，
穿透胸膛。

一生的风雨兼程，
经历了多少坎坷，
哪怕是千辛万苦，
都会分担在，
你那柔弱的肩膀。

我，
静静地，
凝视着你的遗像。
往事像水，
尽情流淌。

一生的相濡以沫，
经历了多少悲欢，
哪怕是千丝万缕，
都会牵挂在，
你那宽容的心房。

我，
永远不会忘记，
第一次见到你的模样。
一双清澈的眼睛，
立刻像晶莹的宝石，
镶缀在我的心上。

那时，
你恰是豆蔻年华，
一片纯真，
把我当做可以依靠的哥哥。
可我却在，
悄悄地等你长大，
好做我的新娘。

直到，
我们毕业分手的那一刻，
你依偎在我的怀抱里，
哭成个泪人。
我们终于把，
我爱你，
这个最美的字眼，
深深地印在唇上。

三年的同窗，

许下一生恩爱。

五十年夫妻，

留下一路芬芳。

记得，

我们结婚的晚上，

你告诉我，

很小的时候，

你就被亲生父母抛弃；

是如今的父母把你养大，

还治好了你的病伤。

你还告诉我，

从前的病痛，

会影响你一生；

更可能，

连个宝宝也不能生养。

我紧紧地把你抱在怀里，

对你说：

　"你就是我的宝宝，

今生我在，

福难同当！"

本以为，
我会是你的船，
载着你一生的幸福。
你却成了船上的帆，
高高地挂在桅杆，
激流勇进。

本以为，
我会是你的海，
托着你一生的希望。
你却成了海上的风，
轻轻地拍着船舷，
助力远航。

你凭着，
那颗脆弱的心，
陪着我，
走过日日夜夜。

多少回，
你说太累了，

想闭上眼睛，

长眠在梦乡。

你凭着，

那份不舍的情，

伴着我，

度过岁岁年年。

多少次，

你说知足了，

想远离喧嚣，

静守在远方。

没想到，

一语成谶，

真就随了你的心愿。

没想到，

一言成憾，

真就圆了你的期望。

但愿，

去往天堂的路上，

你不会寂寞，

有歌声伴随。

但愿，
去往天堂的路上，
你不会孤单，
有鲜花开放。

假若天堂，
不能接受你残缺的身体，
也一定会，
接受你的纯真。

假若天堂，
不能接受你幽怨的灵魂，
也一定会，
接受你的善良。

老伴，
天堂多好，
也要记住回家的路。
我盼你今夜入梦，
相拥着，
一诉衷肠。

老伴，

天堂多美，

也要记住回家的路。

我会用余生中的，

每一天，

把你守望。

你是我心田里的落雪

你是我心田里的落雪，
轻轻地叩响我心头上的震颤。
你悄悄地融化了，
汇入冷冷的冰河流淌在草原。

你是我心田里的落雪，
柔柔地抚摸我心房里的思念，
你偷偷地飘走了，
跟着凉凉的北风消失在天边。

你来得那么慢，
让我等了整整一个冬天。
你走得那么急，
让我还没好好把你看看。

我多么期盼，
你再来的时候花影满天。
那厚厚的洁白，

铺满我的心田。

哪怕我分不出哪一朵洁白是你，

也让我感到你的温暖。

我多么期盼，

你再来的时候风停雾远。

那闪闪的晶莹，

璀璨我的双眼。

哪怕我分不清哪一片晶莹是你，

也让我想起你的容颜。

你是我心田里的落雪，

软软地呼唤我记忆中的昨天。

你款款的眼神里，

溶着浓浓的深意一怀缱绻。

你是我心田里的落雪，

默默地依偎我沧桑里的瘦园。

你淡淡的叹息中，

含着幽幽的长情几多爱恋。

你好像一本书，

让我看了短短几句序言。

你好像一首歌，

让我听了仅仅一段主旋。

我多么期盼，

你再来的时候情满心野。

你娓娓地倾诉，

像蜜一样甘甜。

哪怕我分不清哪一朵洁白是你，

也让我知道你在眼前。

我多么期盼，

你再来的时候爱暖人间。

你浅浅地呼吸，

像花一样清鲜。

哪怕我分不清哪一片晶莹是你，

也让我懂得你在身边。

我感到，

你离我很近很近，

让我不敢去触摸，

生怕你就像这落雪，

在我手心里融化，

让我再也看不清你的脸。

我感到，

你离我很远很远，

让我不敢去呼唤，

生怕你就像那梦幻，

在我清醒时散去，

让我再也续不起你的缘。

多想和你在那南湖边上遇见，

看那飘落的雪花沾满你的裙衫。

多想和你在那古镇长亭遇见，

看那盛开的鲜花扮靓你的容颜。

我知道，

你我隔着一城风雪，

我知道，

你我隔着半壁江山。

我知道，

什么是不敢碰的剧痛。

我知道，

什么是割不断的深念。

等我们都老了的时候，

如果不能牵手，

漫步在飘雪的留园。

一定会在灯下，
独自细品这些旧日的诗笺。

等我们都老了的时候，
如果不能相拥，
依偎在落雨的湖畔，
一定会在窗前，
独自翻看那些发黄的照片。

红尘岁月，
花开花落。
苍茫人海，
有聚有散。

最远的人，
最近的心。
最短的时光，
最长的情缘。

你是走进我生命里的知己，
让我魂牵梦绕。
你是刻在我心尖上的名字，
让我珍存永念。

等　你

那年，
我见到你，
虽说早已过了花季。
曾经的碧绿已染上一抹金黄，
曾经的嫣红已披上一袭青绮。

那年，
我见到你，
虽说早已谢了芳华。
曾经的绰约已添了几分雍容，
曾经的妩媚已添了几丝倦意。

可这依然掩不住你的秀美，
仿如那秋池中绽放的白莲，
从未吹过夏日的热风。
可这依然掩不住你的尊贵，
仿如那华案上含蓄的墨兰，
从未淋过秋夜的冷雨。

我不相信，
真有前世未了的情缘。
然而自从见过你，
便有了放不下的牵挂。

我不相信，
真有今生注定的相遇。
然而自从见过你，
便没了说不尽的期许。

从前，
只听过你的声音，
如歌如吟，
含着馨香的气息。

从前，
只读过你的书笺，
如诉如泣，
带着沧桑的印记。

你应着前世的缘来了。
尽管我曾一千次想你，
也从未想到，

你竟然那么超凡脱俗，
你竟然那么端美秀丽。

你牵着今生的情来了。
尽管我曾一千次念你，
也从未想到，
我们会从此梦绕魂牵，
我们会从此铭心知己。

那天你走了，
牵手时那心尖的颤动告诉我，
你还有走不完的山山水水。

那天你走了，
回眸时那眼帘的晶莹告诉我，
你还有穿不过的风风雨雨。

望着你远去的背影，
我心里在企盼着：
有一天，
你疲惫的双脚，
会迈进我的心坎。
告诉我，

你已经走完了崎岖的山水，
想在这里休息。

望着你飘散的车尘，
我心里在企盼着：
有一天，
你伤痛的身躯，
会靠住我的肩膀，
告诉我，
你已经穿过了无情的风雨，
想在这里休息。

假如真的有那一天，
无论你是在天涯海角，
还是在春城故里，
我都会一直在等你。

假如真的有那一天，
无论你是沧桑满面，
还是秀颜如许，
我都会一直在等你。

我要歌唱

一

那是一个久远的从前，
那是一个偏僻的地方，
那里有一只小手，
常在树下数星星；
那里有一双眼睛，
常在水边看月亮。

那是一个真实的故事，
那是一个女孩的梦想。
那里有花季芳菲，
伴着甜甜的歌声；
那里有雨季朦胧，
伴着痴痴的梦想。

我就是那只小手，
在那个季节里长大。
纤纤弱弱的身子，

像一棵小树，
一阵风也会让我受伤。

我就是那双眼睛，
在那个季节里憧憬。
懵懵懂懂的眼神，
像一泓清泉，
一滴雨也会漾起波光。

谁知道，
我幼小的心灵，
早早就撒下一粒种子。
我向往，
那七彩缤纷的舞台。

谁知道，
我稚嫩的歌喉，
悄悄地等待一个机会。
我期待，
那行云流水的歌唱。

于是我走了，
带着两个窝头，

扑上满载的货车，
要奔向圆梦的地方。

于是我走了，
带着一瓶凉水，
迎着灼热的烟尘，
去开启美好的希望。

二

夜深了，
妈妈反复数着，
这排在炕沿上，
该是九张笑脸，
咋就少了一张？

夜深了，
学校一片寂静，
温馨的宿舍里，
添了一张笑脸，
呼呼睡得正香。

爸爸来了，

我以为，
会是一场暴风骤雨。

可爸爸，
把几张褶皱的钱，
塞到我的手里。
只说了，
好好地学，
给咱那小地方争光!

我哭了，
泪水浸湿了，
爸爸的肩膀。

爸爸走了，
我以为，
从此会是云淡风轻。

可爸爸，
那一直含泪的眼，
看进我的心里。
存下了，
深深的痛，

给了我成功的希望。

我笑了，
慈爱滋润了，
丫丫的心房。

三

学校里充满阳光，
老师像妈妈一样。
同学像知心的哥哥姐姐，
幸福一直都环绕在身旁。

我就像一块海绵，
吸吮音乐的甜蜜。
脑袋里游着成群的蝌蚪，
眼睛里飘着长短的竖杠。

我交过零分的答卷，
可我从没放弃过追寻。
我流过伤心的眼泪，
可我从未动摇过理想。
我要歌唱！

我要歌唱!

我有过失败的沮丧,
可我从没失去过目标。
我尝过跌倒的伤痛,
可我从未迷失过方向。
我要歌唱!
我要歌唱!

嗓子疼了,
偷偷喝一杯菊花茶。

身子软了,
悄悄含一块水果糖。

困了,
趴在书桌打个盹。

累了,
走出教室透个凉。

三年的酸甜苦辣,
三年的喜乐忧伤。

当我蹒跚地，
走出校门的时候，
已长出嫩嫩的翅膀。

三年的春花秋月，
三年的寒来暑往。

当我轻松地，
放开歌喉的时候，
已看见未来的曙光。

四

分配，
让我去中学当老师。
尽管，
那是个神圣的岗位，
可那不是我的理想。

我不敢去学校，
我没有学生个高。
我不愿去学校，
我没有先生年长。

别人兴高采烈，
我却泪眼汪汪。

为啥竟哭成了这样？
一个甜甜的声音，
至今响在耳边。
一张暖暖的面孔，
叫我永生难忘。

是她，
改变了我人生的轨迹。
是她，
掀起了我理想的帷帐。

于是，
我走进了。
乌兰牧骑的大门。
花儿好像为我开，
鸟儿好像为我唱。

于是，
我看见了，
天幕深深的舞台。

激情在心底涌动，
快乐在脸上流淌。

五

排练，
是多么美的事情，
梦里，
也会盼着天亮。

独唱，
是多么重的担子，
竟然，
落在我的肩上。

演出一场连着一场，
团长给我鼓劲。
节目一个接着一个，
伙伴帮我抢装。

尽管乡村的土台子，
没有华丽的幕布，
我依旧那么投入。

尽管乡村的土台子，
没有耀眼的灯光，
我依旧那么欢畅。

那天我竟然累得晕倒，
喝碗糖水还要上。
团长拉着我的手，
人不是铁打的，
来日方长。

那天我没有服从领导，
坚持登上了舞台。
团长为我捏把汗，
人真是铁打的，
百炼成钢！

几年过去，
那五光十色的舞台，
留下了我的歌声。

几年过去，
那鲜花掌声的心路，
躁动着我的理想。

我渴望，

在艺术的道路上，

尽情地奔跑。

我渴望，

在艺术的天空里，

忘我地翱翔。

我不是，

柔音婉转的夜莺。

我要当，

清音嘹亮的凤凰。

我不想，

轻车熟路地安逸。

我要去，

灯火辉煌的殿堂。

六

当我从塞外边城，

走进吉林歌舞剧院，

幸运之门，

为我打开。

当我满怀崇敬，
成为包桂芳老师的学生，
幸福之花，
为我绽放。

那是，
怎样的一段学习生活，
让我刻骨铭心。

那是，
怎样的一群知心伙伴，
让我永生难忘。

包桂芳声乐小组，
让千年铁树开花，
美着，
多少人的向往。

包桂芳声乐小组，
让万年枯藤发芽，
牵着，

多少人的目光。

那时候，
我常常顾不上洗脸，
打饭去也要把歌词揣上。
太投入了，
几次撞了餐厅的门框。

那时候，
我常常顾不上换装，
上课去衣襟常沾着菜汤。
太邋遢了，
几次被老师撵出课堂。

老师，
把我当成自己的孩子，
恨不能，
一天就给我安上翅膀。

老师，
把我当成贴心的宝贝，
恨不能，
一天就让我闪闪发光。

那天，
我病了，
老师亲手给我熬了鸡汤。
可她的爱人，
却一直躺在病床。

那天，
我哭了，
老师悄悄问我是想情郎？
我望着老师，
多想叫一声"亲娘"。

半年过去了，
这在艺术的道路上，
仅仅是一个音符，
可老师却让这个音符，
灿烂辉煌。

半年过去了，
这在声乐的长河里，
仅仅是一朵浪花，
可老师却把这朵浪花，
汇入海洋。

当所有的灯光，

聚焦在，

一个舞台的时候。

老师拉着我的手，

一起去拥抱掌声。

当所有的鲜花，

装点着，

一个名字的时候。

老师拉着我的手，

一起去收获希望。

七

一腔情，

融在歌声里。

遛弯的时候，

我依旧在默谱。

忘记了，

今生挚爱，

就在身旁。

一颗心，

系在舞台上。
结婚的那天，
我依旧在演出。
婚礼上，
新娘不在，
只有新郎。

我仿佛看见，
我的天空，
是那么蔚蓝。

我仿佛看见，
我的道路，
是那么宽敞。

我怎能知道，
这朗朗的天空，
会突然布满乌云。

我怎能知道，
这静静的海面，
会突然涌起波浪。

老师竟然走了，

走得那么匆忙，

连一句话都没有留下。

只有那，

刻在我心上的一瞥，

含满企盼的目光。

老师竟然走了，

走得那么不甘，

连一个字都没有留下。

只有那，

回响在天空的歌声，

撒下一地的芬芳。

我觉得，

老师是我的天，

天塌了，

我怎么办？

我觉得，

老师是我的山，

山倾了，

我怎么办？

然而，
命运之神，
并没有把我抛弃。

然而，
幸运之门，
并没有就此关上。

当我从悲痛中穿过，
步履蹒跚地，
走进中国音乐学院的大门。
就像归来的游子，
不敢跨进门槛。

当我从迷茫中醒来，
忐忑不安地，
来到声乐大师张权的身边。
就像丑陋的小鸭，
不敢仰望尊严。

又是一颗温暖的心，
又是一张慈祥的脸；
又一个亲亲的妈妈，

又一处甜甜的家园。

又是一次浴火重生，
又是一回锻造熔炼；
又一场苦苦的拼搏，
又一程遥遥的征战。

当我捧着青歌赛大奖的金杯，
扑进张权先生怀抱的时候，
我们一起泪流满面。

当我跻身歌唱家排名的榜上，
回到张权先生身旁的时候，
我们一起倾诉心愿。

先生说，
你成功了，
可以告慰昨夜。

先生说，
你成熟了，
可以放飞明天。

可我知道，
要走的路，
还很长很长。

可我知道，
要爬的山，
还很难很难。

八

许多年过去，
一曲《我爱你中国》，
激扬在，
祖国的大江南北。

许多年过去，
一曲《我爱你中国》，
回荡在，
世界的机场港湾。

我不再期待掌声，
更钟爱，
掌声消尽的沉静。

我不再渴望鲜花，
更喜欢，
鲜花开过的香甜。

如今，
我也在，
走近古稀之年。

如今，
我也会，
时常感慨从前。

我怀念，
吉林歌舞剧院的，
日日夜夜。

我景仰，
中国音乐学院的，
岁岁年年。

可让我，
夜不能寐，
朝思暮想的，

还是哲盟师范。

我想，
把我领进音乐大门的，
启蒙老师。

我想，
让我舞动青春芳华的，
欢乐校园。

我想，
同桌的老班长铁哥，
我想，
同铺的桂云和景媛。

我想，
还去攀爬校田里的沙果树。
我想，
还去寻找校田边的西瓜园。

终于有一天，
我回到了母校。
就像迷路的孩子，

回到了妈妈的身边。

看着，
一幢幢陌生的高楼，
我想寻觅，
往昔的影子。

看不见了，
竟然，
没有一点点斑痕。

终于有一天，
我回到了母校。
就像漂泊的小船，
找到了出发的港湾。

看着，
一张张陌生的笑脸，
我想倾听，
从前的呼喊。

听不见了，
竟然，

没有一丝丝微澜。

可我依旧爱她。
我闻着了，
她从前的味道，
是情与情的牵挂。

可我依旧想她。
我记住了，
她独有的符号，
是爱与爱的缠绵。

假如，
我是一抹夕阳，
一定要在这里发光。

假如，
我是一片晚霞，
一定要在这里璀璨。

放不下的牵挂

一个温润多情的夏天，
你来了——
如一缕清风，
送暗香飘过。

一个细雨朦胧的日子，
你来了——
如一抹锦霞，
让层林尽染。

多少回，
你若夜莺的婉转，
让我如痴如醉。

多少回，
你似金铃的清新，
让我梦绕魂牵。

我曾多少次，
在心中描绘你的倩影。

我曾多少次，
在眼前憧憬你的容颜。

当你真的向我走来的时候，
依旧让我惊诧。
你如牡丹般的雍容，
透着名门华贵。

当你真的向我走来的时候，
依旧让我赞叹。
你像墨兰样的清丽，
带着空谷悠然。

我们从未见面，
却仿佛相知多年。
分别时的一次匆匆回眸，
便成了一生一世的红颜。

从此，
我便有了放不下的牵挂。

从此，
我便有了扯不断的思念。

一个鲜花盛开的春天，
你来了——
如一层薄雾，
在草尖缭绕。

一个绿草如毡的日子，
你来了——
如一片白云，
在天边欢欣。

多少回，
你如小溪的清澈，
让我赏心悦目。

多少回，
你如江河的宽阔，
让我流连忘返。

我曾多少次期待着，
走近你的心海。

我曾多少回试探着，
拨响你的锈弦。

当我真的向你走去的时候，
依旧让我忐忑。
怕是疼了你的伤痛，
碎了平静的湖面。

当我真的向你走去的时候，
依旧让我踌躇。
怕是乱了你的心绪，
毁了静谧的田园。

我们近在咫尺，
却相隔着万水千山。
分别时的一次紧紧的相牵，
便成了一生一世的蓝颜。

从此，
我便有了，
放不下的牵挂。

从此，

我便有了，
扯不断的思念。

长长地牵挂，
深深地思念。
久在心头，
如陈酿香醇。

长长地牵挂，
深深地思念。
久在心头，
如新蜜甘甜。

放不下的牵挂，
幸福着彼此的幸福。
扯不断的思念，
依恋着彼此的依恋。

放不下的牵挂，
幸福着彼此的幸福。
扯不断的思念，
依恋着彼此的依恋。

新年悟语·老伴

岁月，

像落在手心上的雪花，

在苍老的温暖中融去。

时光，

像藏在树干里的年轮，

在稚嫩的湿润里衍生。

春夏秋冬，

写一卷红枫绿柳；

风霜雨雪，

铺一路长桥坦程。

晨钟暮鼓，

诵一声心经禅语；

高山流水，

唱一曲童趣晚情。

相拥着，

苍颜白发，

一起告别旧日的闲絮。

相牵着，

老妪枯叟，

一起走进新年的火红。

虽说老了，

你从前的美，

依旧在我眼里。

虽说老了，

我从前的帅，

依旧在你心中。

我记着，

你送我的那方手帕，

至今一尘不染。

你存着，

我送你的那盒胭脂，

至今不曾启封。

未曾忘——
花前月下，
我浅吻着你的羞涩，
凝视着眼里的晶莹。

未曾忘——
桥曲径幽，
你轻抚着我的面容，
呢喃着心中的朦胧。

岁月如溪，
不经意间，
已看过青山秀水。

时光如梭，
不在意时，
已阅尽繁华枯荣。

纵然，
那青春的缠绵，
还甜在心头。
往昔的欢愉，
早已是在梦中。

纵然，

那暮年的从容，

还燃着烟火。

今时的激扬，

早已是在画中。

年复一年，

减去了，

一点一点的浮躁。

日复一日，

添加了，

一层一层的厚重。

不想，

当年的灯红酒绿；

不慕，

如今的车水马龙。

不听，

邻家的闲言碎语；

不问，

世间的大事小情。

懂了，
节日里，
儿孙满堂的家宴，
散去时人尽盘空。

懂了，
平常时，
邻里温馨的问候，
那也是清酒香茗。

我们，
早已过了说爱的年龄。
因为，
两颗心就连在一起，
一样的脉动。

我们，
早已过了撩情的岁月。
因为，
两颗心就贴在一处，
一样的伤痛。

闲了，

我看着你，
鬓边的白发；
你瞅着我，
发亮的秃顶。
那会心的一笑，
其乐也甜甜。

累了，
你靠着我，
嶙峋的后背；
我倚着你，
肥沃的前胸。
那温柔的一瞥，
其情也融融。

如今，
那漏风的嘴边，
还存着几多软语；
那褶皱的眼角，
还藏着几多柔情。

如今，
那沧桑的心陌，

还记着几多往事；
那沉聪的耳侧，
还飘着几多回声。

你和我，
不再围炉夜话，
不再临窗抚琴。

那是因为，
我的诗，
便是你的魂魄；
你的歌，
便是我的春梦。

我和你，
不再花间品蝶，
不再月下弄影。

那是因为，
你的脸，
便是我的鲜花；
我的眼，
便是你的繁星。

倚窗望去，

庭院里，

那架斑驳的秋千，

孤单地，

在缱绻的薄风里飘荡。

我仿佛还能听见，

你夸张的笑声。

倚窗望去，

树冠下，

那方清冷的石桌，

凝重地，

在淡淡的浅雪中安然。

你仿佛还能看见，

我沉静的面容。

新年的夜，

烟花燃尽，

五彩缤纷已淡去。

新年的夜，

琴瑟声杳，

梵音雅乐已远行。

在烛的波光里，
你那干涩的眼角，
溢着泪珠。

你轻轻地对我说，
伴着我，
走过坎坷，
看过风雨；
余下的是有情有义，
今生执手无悔。

在月的轻影中，
我那笨拙的唇边，
涌着心语。

我悄悄地告诉你，
陪着你，
闯过艰辛，
经过磨砺；
余下的是不离不弃，
来世依旧寻你。

你说，

余下的日子，
寻一处幽林禅院，
看花开花落，
听虫鸣鸟语。

我想，
未来的时光，
守一隅青山绿水，
任叶青叶黄，
伴雾散云升。

晴日，
用一颗素心，
燃一束心香，
邀野友一醉。

沉夜，
枕一缕月光，
摘一瓣星陨，
入南柯一梦。

你说，
今生有我，

便会放下烦恼，
无忧无虑。

我想，
今生有你，
便会得来安宁，
如糖如蜜。

余下的日子，
也许很长很长，
你会用一生的温柔牵着我，
莫失莫忘。

余下的日子，
也许很短很短，
我会用一世的坚强扶着你，
且行且惜。

你说过　等我

你说过，
等我。
因为我曾像一缕风，
轻薄了你的面颊。

你说过，
等我。
因为我曾像一丝雨，
亵渎了你的裙衫。

我曾，
亲吻你的唇，
期待你，
随我远足天涯。

我曾，
凝视你的眼，
渴望你，

让我留在身边。

风里，
你说桃花已谢，
等我，
在下一个春天。

雨中，
你说芙蓉未老，
等我，
在下一个秋天。

我看着，
雪一点一点地融化。
迎来了，
春风铺绿，
桃蕾初绽。

我去寻你，
待一树繁花，
成满地落英。
不闻，
你的琴声。

不见，
你的诗笺。

我听着，
雨一滴一滴地飘落。
等到了，
秋霜染黄，
莲蓬籽满。

我去寻你，
守一夜冷雨，
摧半池残叶。
不知，
你的芳踪。
不觉，
你的悲欢。

日复一日，
任风翻页。
每一页，
都写着我的思念。

年复一年，

任雨湿宣。

每一张，

都印着你的容颜。

你说过，

等我。

或许是在，

下一个春天。

你说过，

等我。

或许是在，

下一个秋天。

我一直在等，

只要，

春天还会再来，

我便无悔。

我依旧在盼，

只要，

秋天还会再来，

我便无怨。

当年的菱妹子

有一本粗陋的相册，

一直放在我的案头。

有一张泛黄的照片，

一直压在我的枕边。

有一段美美的旋律，

一直在我的心海唱响。

有一张甜甜的笑脸，

一直在我的眼前浮现。

走过青葱的岁月，

远去流芳的华年。

冬夏春秋，

尘封了多少往事。

寒来暑往，

淡去了多少思念。

唯有那段记忆，

一直在揉碎的光阴里徘徊。

唯有那缕怀情，

一直在梦断的烟雨里流连。

那是很久以前，
一场暴风骤雨过去，
复课的钟声响彻了校园。
当我走进教室，
去寻找那久违的书桌，
操场上，
传来高音喇叭清晰地呼唤。

那是很久以前，
一群帅男靓女集结，
成了毛泽东思想宣传队员。
当我走上舞台，
去放开那激扬的歌喉，
帷幕旁，
闪着一双羞怯的眉眼。

从此，
一缕青涩翻开了，
一个个难忘的日子。

从此，

一路朦胧拨响着，
一根根七彩的琴弦。

井冈山的道路，
一部革命史诗的组歌，
成熟了一支文艺的队伍。
红伢子菱妹子，
一双在剧情里的姐弟，
萌生了几许无由的心烦。

我就是，
那个叫红伢子的男孩。
我就是，
那个胡须没全的少年。

可不知道为什么，
一见到她，
心跳得像打鼓，
以致常常忘了台词。

可不知道为什么，
一见到她，
脸红得像薄绢，

弄得导演一脸茫然。

我珍惜每一场演出，
就想轻轻地拉着她的手；
我期待每一次排练，
就想近近地看着她的脸。

我从未想过向她表白，
其实我也不知道，
这是不是一个少年的初恋。

我从未想过向她诉说，
其实我也不知道，
她是不是和我一样的心愿。

每次演出下来，
我总是，
把那两套服装叠得齐齐整整，
放进我的绿书包，
仿佛这就是风雨同行的证明。

每次排练结束，
我总是，

把那两杆梭镖擦得亮亮闪闪，

放在我的床头，

仿佛这就是通向胜利的路签。

后来，

我们曾一同坐着去插队的汽车，

向北向北，

越过平原，

望见远山。

那时，

我的心里充满了对未来的憧憬，

唱着唱着，

送走晚霞，

唤醒晨烟。

当我从疲惫中醒来的时候，

她竟然走了。

望着那早已淡去的车尘，

一怀热望匆匆远去。

让我第一次懂得了，

什么是离愁。

当我从迷茫中醒来的时候，
车就要开了。
披着悄然飘来的薄雾，
两行热泪偷偷落下。
让我第一次知道了，
什么是心酸。

当我终于又见到她的时候，
已经过去多年。
到了嘴边的话，
差一点就说出了口，
又被我深深地埋在心田。

也许她从不知道我的初心，
一直把我当做萌萌的朋友，
留在淡淡的记忆。

也许她从不知道我的深情，
一直把我当做亲亲的弟弟，
放在浅浅的心边。

我想在她的眼里看到，
那逝去的时光，

是否存下一点留恋。

我想在她的嘴里听到，
那延伸的年轮，
是否留下一路蹒跚。

然而，
这一切都随着她淡淡的微笑，
留在了昨天。

然而，
这一切都随着她轻轻的叹息，
没有了答案。

过去了，
就让它过去吧，
藏一份挚爱在心底。

过去了，
就让它过去吧，
留一份美好在身边。

读维国先生《我的科尔沁舞缘》

真美，

如碧玉镌刻的花，

不会因岁月的风霜而凋零。

青春，

是心底珍藏的歌，

不会随年轮的延伸而远行。

每个人，

都有一本相册。

虽说，

相册上的照片多已泛黄。

可照片中的故事，

依旧是昨天的情景。

每个人，

都有一段往绪。

虽说，

往绪中的悲欢多已沉淀。
可悲欢里的诗行，
依旧在心底里吟咏。

维国，
一个在共和国春天里，
诞生的精灵，
本该一路和风暖阳。

维国，
一个在共和国夏天里，
长大的孩子，
本该一路平坦从容。

然而，
你却过早地踏上坎坷，
尝尽心酸甘苦。

然而，
你却过早地闯入艰辛，
看过风疾浪涌。

你是妈妈口中的"丑三"，

眼里的心肝。
你是爸爸眼里的"淘宝"，
心底的期盼。

他们，
多想一直为你遮风挡雨，
让花开的季节阳光灿烂。

他们，
多想一直为你培土施肥，
让收获的季节万紫千红。

假如，
没有那阵风，
你会是一颗，
冉冉升起的星。

假如，
没有那场雨，
你会是一只，
高高飞翔的鹰。

风起云涌，

雨骤雷鸣；
山陡峭，
路泥泞。

虽说，
那是一代人的磨难，
你却在磨难中伸直了腰。

虽说，
那是一代人的苦痛，
你却在苦痛中挺起了胸。

于是，
你便有了那段，
七彩缤纷的舞蹈情缘。

于是，
你便有了那段，
百味杂陈的舞台人生。

一样的，
背起上山下乡的行囊。
一样的，

奔向插队落户的屯营。

不一样的是，

你的眼前，

一直浮现着飘逸的舞。

不一样的是，

你的心中，

一直深藏着躁动的情。

于是，

黎明的雾里，

有了一个瘦瘦的身影，

在压腿下腰。

于是，

静夜的窗前，

有了一缕痴痴的目光，

在凝月望星。

小村的土台，

成排的马灯。

场院心，

喷云吐雾的爷爷奶奶。

墙头上，

挤眉弄眼的小子姑娘。

看个啥，

还不就是，

《白毛女》里的那个哥。

看个啥，

还不就是，

《沙家浜》里的那棵松。

你矫健的舞姿，

锁住了多少芳心；

你飞扬的激情，

迷蒙了多少眼睛。

老书记，

拍着大腿说：

"没想到，

臭小子还真成了咱队宝。"

老队长，

磕着烟袋说：

"没想到，

猴崽子还真是个孙悟空。"

如果，

是孩童时的第一次登台，

在你心里播下一粒种子；

是小村的沃土，

让你发芽。

如果，

是孩童时的第一支舞蹈，

让你心里结下一世情缘；

是小村的百姓，

让你萌生。

虽说，

你终于，

走出小村的土台子，

告别了，

照明的马灯。

虽说，

你终于，

走上了城里的大舞台，

亲吻了，

大幕的丝绒。

尽管，

你后来的路上，

铺满了鲜花，

可依旧记着，

村头的那棵老树。

尽管，

你后来的路上，

雷鸣着掌声，

可依旧恋着，

乡亲的开心笑容。

就因为这段情缘，

你曾经与北京擦肩而过；

就因为这份执着，

你至今为草原放歌抒情。

说来，

也是六十几岁的人了。

举手投足，

依旧透着青春的嚣张。

想罢，

也曾阅尽了繁华锦绣。

笔下纸上，

依旧美着绿海的波涌。

科尔沁的舞蹈情缘，

虽然没有带你，

走向辉煌的顶点。

却用一条银丝，

穿起你五彩缤纷的人生。

科尔沁的舞蹈情缘，

虽然没有让你，

化作绝美的精灵。

却用一根金线，

绣成你似花如玉的笑容。

维国，

我的弟兄！

科尔沁的舞蹈情缘，

不是，

你一个人的情怀。

那是，

一个时代真实的写照。

维国，

我的弟兄，

科尔沁的舞蹈情缘，

不是，

你一个人的缘分。

那是，

一段历史悠远的回声。

月　情

也许，

今夜云纱朦胧。

也许，

今夜玉盘晶莹。

也许，

今夜醅酒邀友。

也许，

今夜暗香传情。

月，

撩起了多少香闺珠帘，

妩媚了多少淑女芳容。

月，

陶醉了多少文人骚客，

成就了多少词仙诗圣。

仲秋，

一个静谧的节日。
没有锣鼓阵阵，
没有爆竹声声。

仲秋，
一个安详的节日。
只有丝语绵绵，
只有菊香浓浓。

仲秋，
一个深沉的节日。
不需盛装华宴，
不需烛明灯红。

仲秋，
一个温柔的节日。
只需凝心守望，
只需着意倾听。

遥望，
吴刚青衫折桂，
嫦娥霓裳弄影。

静听，
寒寺钟悠磬远，
秋虫浅唱低鸣。

遥望，
游子归途依旧，
孤鸿去程飘零。

静听，
高堂明镜心语，
稚子梦呓如莺。

月圆了，
燃一支心香，
寄一缕心情。

月圆了，
拨一根心弦，
唱一曲心声。

谁知道，
我的思念，
是在天涯海角，

还是在塞外牧野。

谁知道，
我的知己，
是在御庭京华，
还是在花都春城。

渺渺青烟，
淡淡香。
悠悠雅乐，
长长情。

谁知道，
我的邂逅，
是在朗朗月下，
还是在蒙蒙雨中。

谁知道，
我的迷蒙，
是在春日花飞，
还是在秋日枫红。

醇醇美酒，

浅浅醉。
重重相思，
深深情。

我知道，
寄月相望，
那只是一个纯纯的企盼，
可依旧举杯邀月。

那是因为，
月的那边有个人，
在傻傻地想，
在痴痴地等。

我知道，
燃香寄语，
那只是一个美美的心愿，
可依旧素手轻拈。

那是因为，
我的心里有个人，
在默默地看，

在静静地听，

其实，
真心的爱，
不必等到月圆，
那一弯浅月，
就是一只小船。

无论，
是我去接你，
还是你来寻我，
一直都在爱河里流连。

其实，
真心的爱，
不必等到秋天，
那一树青芽，
就是一场热恋，

无论，
是春蕾含苞，
还是夏红烂漫，
一直都在花海里璀璨，

月光下的思念，

几分凉，

几分暖；

几多忧伤，

几许缠绵。

月影里的倾诉，

一缕情，

一缕怨；

一腔热望，

一双泪眼。

不恨离别，

不恋缱绻。

其实，

多少海枯石烂的情爱，

不在身侧在天边。

不用追寻，

不要依恋。

其实，

多少刻骨铭心的知己，

不在眼前在心田。

月亮啊，
你见证了，
多少山盟海誓。
那清冷的寒宫里，
藏着多少爱的热烈。

月亮啊，
你承载了，
多少离合悲欢。
那温馨的桂树下，
埋着多少情的凄怨，

月亮啊，
你虽然在云里，
却阅尽了，
世上的喜怒哀乐。

月亮啊，
你虽然在天上，
却尝遍了，
人间的苦辣酸甜。

月亮啊，

多少人，

对你敞开心扉，

或哭或笑，

月亮啊，

多少人，

对你放开歌喉，

或悲或欢。

多少回，

你被云遮雾障，

也要在云隙里，

透出一缕晶莹。

多少年，

你有阴晴圆缺，

也要在星海中，

留下一片光明。

月亮啊，

只有你，

有山一样的胸怀。

月亮啊，
只有你，
有海一样的深情。

你，
甜了多少人的心。
你，
圆了多少人的梦。
你，
美了多少人的青春。
你，
暖了多少人的晚景。

今夜，
愿你如期而至。
哪怕，
带着一团雾，
你在雾里朦胧，

今夜，
愿你如期而至。

哪怕，
带着一抹云，
你在云中雍容。

她和我一样，
会傻傻地想，
会痴痴地等。
她有歌，
要向你吟唱。

我和她一样，
会默默地看，
会静静地听。
我有诗，
要向你诵咏。

致燕平

夏夜，

你撩开软软的窗纱，

任凭湿润的暖风吹乱长发。

夏夜，

你撩开软软的窗纱，

任凭清凉的月光流过面颊。

夏夜，

你向远方敞开心扉，

任凭思念的小船飘向云端。

夏夜，

你向远方敞开心扉，

任凭思念的缠绵催落泪花。

曾经的昨天，

你像一朵出水的芙蓉，

清秀了多少岁月。

曾经的昨天，
你像一束盛开的玫瑰，
妩媚了几多芳华。

曾经的昨天，
你像满园争艳的牡丹，
诠释着雍容华贵。

曾经的昨天，
你像文弱纤细的苍兰，
诉说着香满人家。

然而，
生活不会永远像花一样灿烂，
花也有花开花落。

然而，
日子不能永远像月一样圆满，
月也有月缺月圆。

尽管，

有许多往事不愿回首，

不想再去触摸心底的伤痕。

尽管，

有许多记忆不曾抚平，

不想再去接续锈断的琴弦。

但是，

前面的路程还有好远，

你想怎样去把它走完。

但是，

未来的时光还有好长，

你会怎样去把它点燃。

不要，

在眼角挂一抹忧伤，

前行的道路上你永远不会孤单。

不要，

在心底留一丝哀怨，

未来的日子里有人会把你相牵。

莫去听，
草中闲虫的杂言碎语。

休要看，
天上冷月又照在谁园。

莫去数，
忙忙碌碌蹉跎了多少岁月。

休要算，
熙熙攘攘虚度了几多华年。

情若在，
做一个无为老圃，
守着黄叶残花，
照样语笑言欢。

心未老，
约几个白发知己，
拄着老藤瘦竹，
照样海角天边。

哭森堂

惊悉，
河南新乡著名书法家，森堂先生西去，
痛心彻骨，长悲无眠，泣血成诗。

呜呼，
天妒英才，
云蔽星光，
森堂为何不辞兄弟远去？

呜呼，
太行垂首，
卫水流殇，
森堂为何不携挚友独往？

二十年前的一次邂逅，
相约一生，
肝胆相照。

二十年前的一回豪饮，
相约一世，
风雨同行。

曾记得，
我陪你看草原，
蓝天白云，
蒙古包里举酒挥毫，
几回分别几回泪。

曾记得，
你邀我游太行，
崇山峻岭，
崖畔草舍沐雨神聊，
满腔清新满腔情。

森堂啊——
你就这样悄悄地走了，
叫我怎能不撕心扯肺。
我和谁去看天边的羊群，
并驾齐驱，
信马由缰。

森堂啊——

你就这样静静地睡去，
叫我怎能不裂腹牵肠。
谁和我去游云端的郭亮，
夕送晚霞，
晨迎朝阳。

我想你时，
和谁去倾诉，
寂寂窗前明月，
冷冷地上清光。

我念你时，
和谁去浅酌，
寞寞双目盈泪，
凄凄独心存伤。

森堂啊森堂——
你还欠我一纸心经，
我知你已不能完成，
可心里还一直存着企望。

森堂啊森堂——
我还应你一首长诗，
你盼我用深情雕琢，

相见时面对着低吟浅唱。

千千世界，
总有一天都要离去，
你为啥走的这样辛苦，
让人不舍？

滚滚红尘，
总有一天都会散去，
你为啥走的这么匆忙，
使人难忘？

森堂啊森堂！
你用真诚，
交天下豪友，
去天堂的路上，
永不孤单。

森堂啊森堂，
你用激情，
著百年华章，
在新乡的卷首，
千载流芳。

悼德怀

德怀，
我推心置腹的好友，
我一起逃课的玩伴。

虽然，
我们都满脸皱纹，
虽然，
我们都两鬓斑斑。
可只要聚在一起，
那几十年前的屁事，
总是唠个没完。
你埋怨我，
没去住住你的那间房，
没去尝尝你采的山野菜。
你埋怨我，
没去看看你的那片山，
没去品品你家的清清泉。

我总是觉得我们还不老，
有的是相聚的时间。

我总是觉得我们还健康，
死神离我们还很远。
我怎么都没想到，
你这台永不熄火的拖拉机，
咋就停止了转动。
你这头永不疲倦的老黄牛，
咋就闭上了双眼。

你就这么走了，
咋就没想想，
会让我心疼的撕肺裂肝。
你就这么走了，
咋就没想想，
那盼着你回来的喇嘛山。

德怀，
不知你还能否听见我的呼唤？
前行的路上你慢慢走，
你知道我在把你挂牵。

德怀，
不知你还能否听见我的呼唤？
前行的路上你慢慢走，
你知道我在把你思念。

蓝　月

蓝月，

西窗，

霜重，

秋凉。

一场冷雨催落了片片黄叶，

一曲清箫揉断了寸寸肝肠。

孤灯洒一地心酸，

瘦影怀一腔惆怅。

倚窗望着深深的夜空不想离去，

怕是错过流星划过那道耀眼的闪光。

拥衾裹着微微的暖意不敢睡去，

怕是今夜你又悄然走进了我的梦乡。

深宇，

高墙，

念远，

意长。

一支瘦笔流淌着涓涓清流，
一张薄宣涌动着层层热浪。

相思牵一段真情，
相爱承一生痛殇。
倚窗望着渺渺的浮云不忍离去，
怕是错过天边飘来那缕入心的暗香。
拥衾裹着浓浓的怀绪不肯睡去，
怕是今夜你又悄然走进了我的心房。

人啊，
在大千世界里来来往往。
人啊，
在万丈红尘中熙熙攘攘。

多少人，
在回眸中远去。

多少事，
在蹉跎中淡忘。

多少人，
用·生都没有找到真情。

因为他们不知道，
真情是忘我的等待。

多少人，
用一生都没有求到真爱，
因为他们不知道，
真爱是心灵的碰撞。

你和我，
在那蒙蒙细雨中，
打着一把花伞的手，
握在一起的时候，
我知道，
我是握住了一生一世的真情。

我和你，
在那脉脉的眼神里，
含着一样晶莹的泪，
会心一笑的时候，
你知道，
你是找到了一生一世的挚爱。

有一天，

我们也会满脸皱纹；

有一天，

我们也会两鬓斑斑。

也许我们依旧远隔千里，

也许我们已然近在身边；

也许我们依旧是向月亮诉说，

也许我们已然能相拥着畅谈。

不知那时，

我们还有多少洗尽沧桑的岁月？

不知那时，

我们还有多少远离繁喧的流年？

只要这根锈弦还能拨响，

一定为你弹一曲花好月圆。

有一天，

我们也会坦然老去。

有一天，

我们也会告别人间。

也许我们依旧远隔千里，

也许我们已然近在身边；

也许我们依旧是让彩云寄语，
也许我们已然在天堂里相见。

不知那时，
我们能否重拾欢歌笑语的往事？
不知那时，
我们能否再续割舍不断的情缘？
只要这颗初心还在跳动，
一定会装着你娇美的容颜。

秋 色

有人说，

秋是一地金黄。

有人说，

秋是一山枫红。

有人说，

秋是满仓硕果。

有人说，

秋是满目凋零。

有人爱，

初秋的暖。

有人想，

深秋的冷。

有人感叹，

一抹夕阳渲染了，

秋的浓烈。

有人赞美，

一轮明月妩媚了，

秋的晶莹。

谁能绘出秋的颜色，

是绚丽七彩的酣畅，

还是简约明静的从容？

谁能说出秋的心曲，

是一朝一夕的浅爱，

还是一生一世的深情？

多少人，

因为秋的一次遇见，

结下三世情缘，

爱到天荒地老。

多少人，

因为秋的一眼回眸，

许下山盟海誓，

伴到白首暮瞳。

尽管，

是春的萌动，
唤醒勃勃生机。

尽管，
是夏的热烈，
铺开欣欣向荣。

依旧，
是秋的凝重，
捧出层层累累。

依旧，
是冬的沉静，
收藏叠叠重重。

秋叶秋花秋草，
秋忆秋思秋萌。
秋色美丽着秋景，
秋景浪漫着秋情，
秋情牵伴着秋绪，
秋绪写意着秋影。

秋的一片落叶，

诉说着昨夜冷暖。

秋的一滴露珠，

闪烁着今晨欢忧。

有人看秋，

橙黄橘红，

稻熟谷香。

有人看秋，

蝉稀雁杳，

莲垂池清。

秋啊，

你到底是什么颜色？

有人为你痴，

有人为你倾。

秋啊，

你到底是什么颜色？

有人为你吟，

有人为你咏。

多彩的秋，

不只是，
缤纷灿烂。

多情的秋，
不只是，
喜乐哀愁。

或如一天白云，
风情万种。
或如一涧溪水，
蜿蜒轻盈。

或如一段情丝，
缠绵缱绻。
或如一帘幽梦，
水月冰镜。

我爱秋，
哪怕，
飞叶成笺，
落花成泥。

我爱秋，

哪怕，

夜雾成雪，

晨露成冰。

假如，

秋是一幅绢，

我会一直浓墨重彩，

直到笔折砚涸。

假如，

秋是一条路，

我会一直披荆斩棘，

直到水尽山穷。

我爱秋，

秋有我一段浅浅的相遇，

一直在我眼前流连。

我爱秋，

秋有我一段深深的痴情，

一直在我心底宽容。

秋，

迷茫了流年的沧桑，
我依然能看见，
青春的踪影。

秋，
朦胧了岁月的坎坷，
我依然能听见，
悠远的歌声。

那淡淡的秋风，
依如，
她甜甜的软语。

那绵绵的秋雨，
依如，
她浓浓的柔情。

想看，
她梨窝浅笑，
想听，
她素语轻声。

我，

一直走不出沧海桑田，
只能静静地护着，
心头开出的花。

我，
一直读不懂风花雪月，
只能悄悄地忍着，
心底留下的痛。

秋啊，
你到底是什么颜色？
有人为你，
滴泪泣血。

秋啊，
你到底是什么颜色？
有人为你，
起舞动容。

秋，
着一个，
月圆的静夜，
捧一颗素心，

拈一支梵香。
让我融化在，
月的波光里，
静听禅院经语。

秋，
着一个，
云淡的清晨，
掬一腔真情，
拂一曲佳音。
让我扶摇在，
云的缥缈中，
远闻古刹钟声。

秋，
到底是什么颜色？
我不再去问。

秋，
到底是什么颜色，
我不再去听。

其实，

秋的颜色，

就是你心存的美，

其实，

秋的颜色，

就是你执着的情。

写于通辽老年作家协会成立七周年

有一份深情，
藏在心底太久太久。
美了青山，
绿了草原，
红了枫叶，
从春到秋。

有一份挚爱，
涌在心头太久太久。
忘了流年，
甜了岁月，
醉了烟雨，
从薄到厚。

一群人，
就为了一个趣，
连着心，
拉着手，

一晃就走过了七个年头。

一群人，
就奔着一个玩，
写着诗，
唱着歌，
一晃就铺满了一地锦绣。

别看他们满脸褶皱。
那每一条深纹，
都是一首长诗，
堆在案首。

别看他们满头白发。
那每一根银丝，
都是一部著述，
放在床头。

蒿斋西窗吟，
景林疏桐秀；
村夫草原深处抒怀，
雪文翠岸长堤咏柳；
彦田一直在格子里折腾，

立生一直在心海里游走。

见过，
安紫彩笔下的梅兰竹菊；
见过，
志信画布上的骏马嘶吼。
见过，
长江墨池里的波澜壮阔；
见过，
老景砚田边的小溪清流。

春华秋实琳琅满目，
斗方长卷美不胜收。

或让你欢欣，
或让你忧愁；
或让你喜形于色，
或让你悲泪长流；
让你尝遍人生百味，
让你历尽炎夏霜秋。

这就是，
我们的老年作家协会，

从无到有。

如果说这是一个家园，
那份温馨，
会让你时时暖在心头。

这就是，
我们的老年作家协会，
从无到有。

如果说这是一群亲人，
那份和谐，
会让你天天乐在心头。

这里不论将相王侯，
只要你开心，
任你挥毫泼墨。

这里不择环肥燕瘦，
只要你喜欢，
任你轻歌欢奏。

不去想，

天堂的小路还有多远。
只要，
拨响一首首乐曲，
像片片彩云飘在眼前。

不去看，
夕阳的余晖还有多久。
只要，
留下一行行文字，
像朵朵鲜花美在身后。

十年以后，
只要我们还快乐地美着，
那就相约，
去草原聚首。

二十年后，
只要我们还健康地活着，
那就相约，
到河畔春游。

依旧，
心连着心，

依旧，
手拉着手。

依旧，
心连着心，
依旧，
手拉着手。

我读彦田先生的《折腾》

月染柳梢，
泪润眉梢。
翻看着《折腾》，
情如溪水。
回望那人生，
思如江滔。

这是怎样的一段凄苦？
写不尽冬寒夏暑，
往事如烟。

这是怎样的一段飘零？
说不完春暖秋凉，
陈绪如潮。

透过那七十七年的日日夜夜，
我仿佛看见，
一个嗷嗷待哺的婴儿，

那企盼的眼神。

穿越了七十七载的风风雨雨，
我如同陪伴，
一个踽踽前行的身影，
在倔强地寻找。

你呼喊着，
"妈妈，
你在哪里"？
虽然我不曾记住你的面容，
可我的口中，
至今还有你奶香的味道。

你呼喊着，
"爸爸，
你在哪里"？
虽然我不曾记住你的面容，
可我的耳边，
至今还有你酣畅的欢笑。

我知道，
你们也不想离去，

可无奈，

情虽在，

缘已了。

我知道，

你们也不想走远，

可无奈，

地太广，

天更高。

于是，

你开始在旷野里奔跑。

任严寒冻裂了手，

任沙砾刺伤了脚。

于是，

你开始在坎坷中挣扎。

任伤痛撕扯着心，

任磨难压弯着腰。

你穿过百家衣，

那每一片补丁，

都是一颗温暖的人心。

你吃过百家饭，

那每一口粥饼，

都是一声慈爱的祈祷。

孩子，

快长大吧！

除夕的夜晚，

隔壁的爷爷端来一盘，

热腾腾的饺子。

"吃吧，

孩子，

别嫌放的肉少"。

孩子，

快长大吧！

清明的早晨，

后山的奶奶送来一件，

新崭崭的夹袄。

"穿吧，

孩子，

别嫌缝得不好"。

一样的童年，

人家骑着毛驴遛弯，
其意悠悠。
你却骑着肥猪赛跑，
其乐陶陶。

一样的童年，
人家都有父母呵护，
其情融融。
你却守着凄苦煎熬，
其景萧萧。

快长大吧，
孩子，
油灯下的老祖母，
一边捡去你头发里的草叶，
一边揉着干涩的眼角：
　"我不想你大富大贵，
　只要你能穿暖吃饱。"

快长大吧，
孩子，
油灯下的老祖母，
一边连着你刮破了的衣裤，

一边对着房檐儿唠叨：
"我不想你出人头地，
有个铁碗端着就好。"

你上学了，
虽说穿得最破，
可学习很好。
因为你知道，
那家做的书包，
是姐姐，
裁了她压箱底的布衫，
一针一线为你缝好。

你工作了，
虽说个子最小，
可业绩很好。
因为你知道，
是乡亲，
连着手扶着你的后腰，
瞅看着你长大长高。

苦也好，
难也好，

心中有份执着。
路也好，
桥也好，
眼里有个目标。

为了那份执着，
你风雨兼程。
为了那个目标，
你呐喊呼号。

你一直在格子里，
披星戴月地"折腾"。
你一直在故纸中，
呕心沥血地飘摇。

终于有一天，
一个冥顽的孤猴，
用赤诚取来了真经。
终于有一天，
一个羸弱的苦娃，
用拼搏赢得了骄傲。
几十年过去，
风雨中，

多少才子落地成泥。
几十年过去，
沧桑里，
多少佳人影疏声杳。

唯有你，
情还在。
一支瘦笔，
依然涂抹着五颜六色，
树高花香。

唯有你，
人未老。
一张薄宣，
依旧渲染着七荤八素，
人美物好。

你不疏，
功成名就的，
大方圣贤。
你不厌，
青涩后进的，
白丁素貌。

你有一大把朋友，
或舞文弄墨，
或抚琴吹箫。

你有三五个知己，
或饮酒填词，
或品茗神聊。

你依旧激情在草原，
写意《科尔沁神韵》，
奏响《青春的回旋》，
一直想着《拉骆驼的姑娘》。

你依旧《行走在人间》，
穿越《透明的人生》，
回望《遥远的驿站》，
一直念着月色里的敖包。

你常说，
《有云才有雨》，
不忘村头那《多情的杨树》。

你常说，

有花才有果，

不忘园丁那悉心的操劳。

你常说，

老了，

许多事情心到眼未到，

你常说，

累了，

许多事情想到做不到。

其实，

你精神头挺足性，

你身子骨够牢靠。

人说话嘛，

到了这把年龄，

自己还能《折腾》挺好。

其实，

你那支笔真硬实，

你那方砚更老到。

人说话嘛，

到了这把年龄，

别人还能想你挺好。

著述等身，

已是昨天的骄傲。

挚友成群，

才是今天的荣耀。

让我们一起"折腾"吧，

也许能留住，

青春时的才调。

让我们一起"折腾"吧，

也许能写尽，

夕阳里的风骚。

放不下的二月二

总觉得，
这该是最后的聚会。
总有人，
放不下深情的酒杯。

总以为，
这段时光早该淡去。
总有人，
用重彩又把它描绘。

年复一年的二月二，
就像满园盛开的梅花，
让你美得心旷神怡。
就像珍藏百年的老酒，
让你香得不能不醉。

年复一年的二月二，
就像万物复苏的早春，
让你沐浴朝气蓬勃。

就像层林尽染的晚秋，
让你品味硕果累累。

每次端起酒杯，
总叮咛自己，
好好说话，
不要流泪。

每次端起酒杯，
还未曾开口，
千言万语，
化作泪水。

一颗颗暖暖的心，
一句句真诚的祝福。
让我怎能放下，
这一群，
风雨同舟的新朋老友。

一段段柔柔的情，
一声声贴心的安慰。
让我怎能放下，
这一群，
牵肝扯肺的兄弟姐妹。

一直盼着的节日

小时候盼过年，
那是童年里最美的留念。
看秧歌，
放鞭炮；
包饺子，
贴春联。
捂着眼睛看杀年猪，
伸着小手要压岁钱。
美滋滋，
乐颠颠。
脸上都是笑，
心里都是甜。

如今老了，
年呐节呀，
早已成为平淡。
可有一个日子，
一直挂在心边。

那就是"六一"儿童节，
快乐着从前，
幸福着今天。

小的时候，
是爷爷奶奶给我们过节。
我们盼着盼着，
那也许是一次远足，
那也许是一次大餐；
那也许是新书包，
那也许是几毛钱；
那天没有家庭作业，
那天可以尽情游玩。

如今这腿老了，
只能坐在山下望山顶。
如今这眼浊了，
只能戴着花镜看蓝天。
自己的事说忘就忘了，
少一只袜子，
找了整整俩月。
孙子的事想忘也难忘，
就"六　"两宁，

念叨足足半年。

自己是走不动了，
早早把儿女喊到跟前，
孙子孙女的节日咋过，
你们安排，
我花钱。

说心里装的是对孩子们的慈爱，
其实也不尽然。
深深的爱里更有对儿时的怀念。
他们就是我们的影子，
替我们在童年的梦里流连。
……

我的爱妻——桂云

1957年盛夏，一个孱弱的婴儿在吉林榆树一个小村降生。

娘望着继六丫之后来到这个世界的瘦小干瘪的小生命喃喃地说着："这孩子能活吗？"爹看了一眼说了句："咳，又是个丫头。"磕打磕打烟袋便走开了。谁也没想到这孩子竟然活了下来，只是不能哭，一哭便背过气去半天醒不过来。

那天，一个远房亲戚来串门，刚好赶上这孩子昏死在炕上，便说："我把她抱走吧。"起初娘还以为人家是开玩笑，便允了，当人家真的要抱走孩子的时候，她才明白这是真的。问爹，爹说："行，让这丫头去捡条活命吧。"

从此，这条小生命便来到内蒙古科左中旗保康镇。

这对蒙古族夫妇没儿没女，他们把这病孩子当个宝捧在手里，暖在怀里，视同己出。孩子不吃牛奶，阿妈便抱着她四处寻找正在奶孩子的母亲讨奶。阿妈巴巴地求人家"让丫头吃一口吧，她长大会记着你的"。孩子还是常常昏过去。夏天，阿爸就用那把大蒲扇一下一下地给她扇凉直到她睁开眼睛。冬天，阿妈就把她贴在胸口用柔软的胸脯给她取暖直到她张开小嘴。

为了治好这孩子的病，阿妈背着她跑了十几个大大小小的医院。多少医生劝她：放弃吧，这孩子是先天性心脏病，养不活的。阿妈就是不信。阿妈说我的小桂云一定能长大。阿妈随口给她起了个名字。

几年过去，小桂云在阿妈的精心照料下真的好了起来。不再昏过去，不再哭，反倒常常哼哼呀呀地唱着不知从哪学来的歌。

上学了，老师不敢相信这就是当年阿妈抱在怀里到处找奶的那个娃。一双浓浓的柳眉，两只圆圆的大眼。长长的睫毛，高高的鼻梁，小嘴像蜜，小脸像花。

时光一天一天过去，小桂云一天一天长大，六年级的时候她已经成了校园里的小小歌唱家，广播里的歌她一听就会唱，样板戏里的人她一看就会演。同学们都亲亲地叫她小铁梅。

上初中的那年，盟师范学校音乐班来招生。小桂云听说招唱歌的学校来人了，她那颗心萌动了。

她顺利地考上了哲盟师范学校音乐班，那年她才刚刚15岁。

也是那年，我也从摸爬滚打了三年多的集体户被选调到盟师范学校音乐班。

第一天上课，因为我是班长便早早地来到教室，当她和同舍的小伙伴一起来到教室的时候，我的目光一下子就被她定格了。她是那么纯美、清新，那双扑闪闪的大眼睛立刻像晶莹的宝石镶缀在我的心尖。这大概就是人们所说的缘分吧，她正值豆蔻年华，而我已在弱冠之年，可仿佛冥冥中有一个声音告诉我，她就是你一生的挚爱。

后来的日子里，我们在一起的学习生活中，我把她所有的困难都担在肩上。她在小学是蒙语授课，师范学校是汉语授课，老师一让写作文她就掉眼泪，于是每次我都悄悄地把写好的作文稿放在她的桌格里。要考试了，我便把归纳好的提纲放进她的书包。放假了，我帮她打好行李，又开着我的那台"永久28"把她送上火车，开学了我又早早地候在车站，把她接回校园。她一直把我当成亲亲的哥哥，可我的心里却一直盼着她做我的新娘。

毕业了，离开校园的前一天晚上，我们相约在校园后面的果树园里话别，当我们紧紧相拥的时候，第一次把初恋的甜美深深地印在唇上。分开时她只说了一句话："你要一辈子对我好！"

她被分配在科左中旗文工团工作，刚刚参加工作，就成了独唱演员，台柱子。我则被分配到哲盟教育局工作。两地工作，鸿雁传书，每个星期我都会收到她用那拙笨的汉字写的情书，不用看内容，只要看到抬头那

"亲爱的"三个字，心里便早已是满满的甘甜。

一次，她两个星期没有来信，我有点急，便赶去她那里。电话里她说正在排练，结束便来。

我住的招待所离着文工团不远，我便坐在门前的台阶上等她。排练终于结束，我眼看着她拿着个手绢包包走出文工团大门奔着招待所跑来，我便迎了上去，她见到我先是一愣，接着就把那个手绢包包塞到我的怀里说："吃吧，热着呢。"来到房间，打开那个手绢包包，里面是两个热腾腾的馒头和一块咸菜。那天晚上她依偎着我聊了好久，原来她申请入团，有个姓孙的什么支部书记对她不怀好意，非要让她断绝和我的恋爱关系才可以。她纠结了好几天，就在刚刚结束排练的时候，她当着大家的面告诉那书记，"团我不入了，王铁治我非嫁不可"。我伴着眼泪不知不觉把两个馒头吃个精光，想起她也还没吃饭的时候，只剩下一块咸菜。

1976年，盟歌舞团从旗县文工团选优秀演员时，她调入盟歌舞团任独唱演员。其间参加了全国"华北之春"文艺汇演、参加了歌剧《小二黑结婚》等多个大型剧目的演出。

1982年她调入哲盟艺校，也就是科尔沁艺术职业学院的前身，就是在这期间，她有幸成为我国声乐教育的泰斗郭淑珍先生的学生。

说起来，这还有一段故事。

那大概是1983年吧，自治区文化厅与中央音乐学院联合举办了一个声乐班，在全区范围内招生，由郭淑珍先生亲自录取。当时桂云以高排名的成绩入选，但不知到后来录取时为什么竟然没有她。本以为这事情就算过去了，但没想到的是，郭淑珍先生来哲盟艺校讲学，偏偏又遇到了桂云。那天轮到郭先生给桂云上课，桂云一开口她便一愣，说："你的声音我怎么这样熟悉，一定在哪听过，对了，你是不是考过我的内蒙声乐班？"桂云惊讶了，因为她并没有同先生见过面。原来那批学生郭先生把每个人的录音都反复听过，并亲自点名要录取桂云，并明确说过这个演员的声音是所有学生里最棒的。后来，郭先生还专门问过自治区文化厅，这个学生为什么没来？自治区文化厅给的答复是，她的爱人不同意。真没想到，我竟然毫不知情地背了这么大的一口锅。也许是天意吧，就是这次相遇让桂云最终还是成了郭淑珍先生的学生。

郭先生要回北京的那天，当着学校所有领导的面对桂云说："你很棒，想学习随时来北京找我。"

1984年，受学校委派，桂云正式成为郭淑珍先生的学生。

一学就是三年。当时学校只管学费。吃饭住宿都要自己承担。为了学习，她住过亲戚家的仓房，住过高楼顶上的阁楼，住过出租屋，住过地下室。舍不得吃，以致上课时差一点晕倒。老师心疼她，每次上课都提前给她准备一杯热奶。

这些还不是最难的，最难的是想家想孩子。一个母亲，扔下几岁的孩子，最短几个月，最长甚至半年。以致她写给我的信上常常是滴满的泪痕。我保留了她上学时的信，三十几年过去，读来依旧能被她那因为学习有了收获而高兴的情绪所感染。

如："今天是10月5日，下午的专业课上的特别好，老师很满意，我也很满意，心里特别高兴。回来看到你的信更加高兴。郭老师每次课前或课后总会和我唠几句，说我理解能力强，反应快。老师对我很好，我现在也不像从前那样怕老师了，所以上课的效果就有明显的提高。德国专家来讲学，老师特别要求我去听他的课，这学期我会学到很多东西。

这几堂课都在练习发声，老师不让我唱歌曲，我偷偷练了几个歌曲，心想唱一唱，看看自己的声音有没有变化。结果，一上课就被老师发现了，老师说我回去是不是大唱特唱了？老师耐心地告诉我，你还没有到唱歌的时候，否则就是在重复错误，要多想少练。听了老师的话，果然今天上课便收到意想不到的效果，真是太高兴了。"

当然，她信里对家对孩子对我的长长思念和款款深情也让你看到了一个母亲，一个妻子的百转柔肠。

如："我太想家了，太想孩子了，太想你了。一想你，我就看你的信，看着看着眼泪就流出来了。我也不想这样，可是眼泪不知不觉地就滴答下来。想说的话太多，想你，代我亲亲孩子。"

1996年，桂云学习结束回到学校，便以崭新的姿态投入了教学。

知道桂云是郭淑珍先生的学生，很多学生都想和她上课，但是，学校教师和学生的双选已经结束，只剩下几个还没有老师选择的学生。这些学生有的是先天条件较差，有的是被原来的老师弃选，桂云把这些孩子全都收下，她为了把这几个学生教出来，除了在课堂上呕心沥血一个一个地改毛病，打基础，还经常给他们开小灶。每个星期日，家里都被学生挤得满满的。

那年暑假，一个女孩子整整在我家住了一个假期。桂云把她当成自己的女儿，除了上课，还尽可能做些好吃的，让她的身体壮起来。开学了，就是这个孩子，在学校的声乐汇报课上，成绩排上第一名。毕业后去内蒙古军区歌舞团，成为一名优秀的独唱演员，在全军文艺汇演中，多次荣获大奖。

后来，每年春节，其其格呀、杨树国呀、小齐敏呀，还有小常红等一大群学生都会从全国各地打来电话，祝老师健康快乐。那个时刻，这群孩子们多是在舞台上，我听桂云说的最多的一句话就是：祝你演出成功！

　　然而，一直隐藏在桂云身体里的病魔终于发作了。那天，在学校的走廊里她突然昏倒，下巴磕在暖气上，划开一条长长的口子，血溅了一地。学校把她送到医院缝了好几针。她不肯住院，是学生们把她送回家。起初大家都以为她是太累了，都劝她别拼了，你已经很优秀。但她就是不甘心，对我说："我是个中专学校的教师，单凭中专学历怎么行呢？"她要考大学。就这样，白天，她在学校里累了一天，晚上又捧起放下多年的课本。就凭着这股心劲，她硬是考上了赤峰师专。直到她去赤峰参加最后一次面授时再次发病，被同学们抬回来时，我才意识到她真的挺不住了。望着她苍白的面孔，我的眼泪一滴一滴地落下，我知道这眼泪除了深深地内疚，还有对她由衷地钦佩。

　　几经周折，桂云的病终于确诊了，她得的是一种非常严重，也非常罕见的先天性心脏病——埃布斯坦综合征。患这种病的人，90%在3岁前夭折，余下的几乎没有人能活过30岁。那年桂云39岁。说到这儿我要感谢两个人，一个是桂云的养母，在桂云最危险的时刻救了她，把她养大成人。一个是市医院的医生宋扬，是他最早确诊了桂云的病症，使她赢得了治疗的最佳时间。

　　1995年，桂云在北京做了心脏三尖瓣置换术和房间隔缺损的修补。那天晚上，是我把她送进手术室，她竟然拉着我的手安慰我说："老土，你放心，我一定能活！"

后来，她常常对我说，住院的那段时间虽然满身伤痛，却是最幸福的一段时光。她依旧想轻轻地躺在我的臂弯里让我用凉凉的毛巾给她擦汗，她依旧想浅浅地坐在床边上让我用兑好的温水给她洗脚。她说，手术后的第十五天，她躺在我的腿上，让我把她那已经有些发黏的头发一根一根地洗净，那是她有生以来最舒服的一次洗头，她说，那时我每天从食堂打来的饭菜最美最香。其实我懂，那是她与死神擦肩而过之后，对未来的美好期望。

康复后，学校关心她，想让她离开一线教学岗位，她毅然决然地说，绝不，死也要死在琴房。在教学汇报会上，当她拖着还未完全复原的身体把一曲《看天下劳苦大众都解放》捧献给大家的时候，当她完美地完成"生我是娘，养我是党，看天下劳苦大众都解放"最后一段华彩高音的时候，在场的老师和学生无一不热泪盈眶，以致她已经走下舞台，礼堂里依旧回荡着热烈的掌声。

退休后，我本以为，她可以好好地养养身体歇歇她那颗过度操劳的心脏。没想到，她又不声不响地弄起个合唱团，而且出手不凡，没鼓捣几天就在什么全国比赛中拿了个金奖。从此以后，便一发不可收拾，最多的时候，一个人担起了老年大学、群众艺术馆和几个合唱团的声乐辅导课。有时甚至一天上八节课。在老年大学一节课竟然同时为一百多个学员授课。我开玩笑地对她说，你开了国内外声乐教学的先河，创造了声乐教学一节课辅导人数最多的吉尼斯纪录。有人以为她是为了钱，我知道不是，一百多人上课，学校只是发了一份普通的课时费。多少次我心疼地劝她别干了，她不肯。晚上腰酸腿疼睡不着觉，早晨照样去上课。她说："我不为钱，我只是受不了学员们那渴望、期盼的眼神。"

那天，我从外面回来，桂云郑重其事地对我说："老头儿，和你商量个事儿呗。"我知道她想做的事情其实是没商量的。"行！"我答应着。"合唱团没有活动场地，我想把咱家的门市房改成排练室，行吗？"我犹豫了一下，那门市房一年下来也是几万元租金呢。但还是答应了。她乐了，还破天荒地使劲亲了一下我那白毛稀疏的脑门。

名声在外了，除了好多老年朋友，一些要考大学的高中学生，在校读书的大学生也来找她上课。我的孩子们说："妈，别人的课时费已经涨到三五百了，你多收点学费呗。"她听了只是笑了笑，照样还是她那个"老一百"。在校的大学生来上课，照惯例是要多收学费的，可是她说："孩子们不容易，想学就来吧。"不仅没有多收，见到那些家境差一些的孩子，反倒少收。有个孩子本来要学十节课，可是上几节就不来了。后来，桂云知道那个孩子家里遇到了难处交不上学费了。她就亲自打去电话，说："来吧，孩子，老师不收你的钱。"

长期的操劳，让桂云的身体状况越来越不如从前。同学、挚友，中央广播艺术团的一级演员，花腔女高音歌唱家周建霞来我市举办独唱音乐会邀她助演的时候，她除了心脏添了新的病灶，声带也因为过于疲劳出了问题。我劝她，放弃吧！

她坚决不肯，她说："在我的舞台生涯中，可能只有一次能和建霞同台演出的机会，我一定要唱，一定要把我最好的声音、最美的形象留给朋友们。"凭着这份热情，她硬是把一曲《见到你们格外亲》捧献给了通辽人民。她成功了，看着她抱着满怀鲜花的笑容，我流下了热泪。

老年人体育协会也成立了合唱团，利华主席找到她，说："小包，到团里来吧，大家都渴望你来当辅导教师。"她回来和我一说我就急了，"你不要命，我还要老伴呢！"她沉默了。连着三天的闷闷不乐，让我抓耳挠腮。第四天早上，我再也忍不住了，破例早早地起来，给她下了碗面，她特别爱吃我下的面。我叹了口气说："老东西，别生气了，你喜欢就应了吧。"

老年人体育协会合唱团的团员，都是老年人体育协会名下各个艺术团体的领导和骨干，很多人都有一定的声乐基础，更有人自己就辅导着一个合唱团。想要把这些人归拢到一起合唱那真是难上加难。为带好这个团，桂云竟像当年在学校教学生一样，开始备课写教案。为了掌握新的教学方法，她甚至每天坚持听网课。

课上，她一遍一遍地给大家做示范，一个一个地给团员纠偏改错。累了便坐在椅子上喘口气。她认真严谨的工作态度，精益求精的专业精神，简单易懂的方法，轻松幽默的教态，感动了大家，赢得了尊重。

可是人们不知道，桂云在这一段时间里身体状况每况愈下，她的那颗心脏，添了房颤，添了心动过缓，严重的时候，一分钟心跳只有二十几下。很多时候心跳是维持在三十几下。孩子们为她在北京联系好医院，在我的再三坚持下，我们在"五一节"前来到北京。经过检查，医生给出治疗方案，安装起搏器。眼看就要过节了，医生的意见让她在北京好好休息几天，节后手术。可她知道合唱团节后还要参加比赛就待不住了，当晚便乘车赶回了通辽。第二天，当她出现在排练室的时候，团员们惊讶了，紧接着响起了热烈的掌声。

那天，她仿佛知道这是她生命中最后的一堂声乐课，辅导得特别认真，几乎给每个团员都听了一遍，挨着个地辅导。离开排练室的时候，大家依依和她告别，祝她早日康复。

谁能想到，她这一走竟是永别。

原本应该是很顺利的手术。入院前她还信心满满地对我说："老头，这回安了起搏器，我再好好地陪你十年。"

手术的那天晚上，我心里一直忐忑不安，坐在公告手术进程的等候室如坐针毡。突然医生呼叫家属，当我心急火燎地见到医生时，医生告诉我，手术中三尖瓣卡住了。这仿佛一声雷在我耳旁炸响。我懂，我的桂云，我的老伴，就在那一瞬间已经永远地走了。

送她的那天，亲人、朋友、学生从全国各地赶来和她告别，她合唱团的兄弟姐妹们更是哭得死去活来，桂云仅仅是一个普普通通的教师，她能够以自己的敬业精神和人格魅力得到那么多人的爱戴和尊敬，我真的为她感到骄傲！

人们是这样评价桂云的，"包桂云老师不仅是一位业务精湛、师德高尚的好老师，更是一位和蔼可亲、情重恩深的贤妻良母。她的去世，对于通辽老年人的声乐教育事业，对于深爱她的亲人、朋友、学生，都是一个重大的损失。

包桂云老师虽然离开了我们，但是她用辛勤汗水浇灌的声乐之花必将芬芳传世。她的音容笑貌一定会在我们心中永存，她的认真严谨的治学态度，永远是我们的楷模，她坚韧不拔用生命去爱事业的精神，永远激励后人。"他们还说："要像包桂云老师那样热爱生活，热爱艺术，热爱工作，热爱亲人，热爱朋友，去开拓人生境界，去建设美好生活，去奉献社会事业，去关爱亲人他人，这才是对她最好的怀念。包桂云老师去世了，她将永远活在我们的心中，活在她几乎歌唱了一辈子的那些歌声里。她的歌唱和声乐教育事业将后继有人，她的音容笑貌和平生业绩，会被我们大家永志于心"。

　　为爱妻写完这篇文章已是深夜，我擦干被泪水浸湿的键盘，合上笔记本电脑，又捧着桂云的照片默默地看着，心里念着，"老伴，假如你真的就在天堂，你一定知道我是在怎样地想你，但愿你今夜能来我的梦乡……"

清明泪

明天又是清明了，一直晴朗的天空多了些薄薄的云，空气里也裹着一丝淡淡的烟。和每年一样，我和弟弟又是早一天来到墓园。

墓园里，来祭奠的人很多，有些拥挤，但依然静悄悄的，很少有人说话，遇见相熟的人，也只是轻轻地点点头。

今年的春，比着往年似乎来的晚了些，墓园里还看得见那尚未化尽的残雪，墓园边上的桃树多是刚刚绽蕾，朝阳处那几株也只是稀稀落落地开了几枝。绿了一个冬天的松树想是有些疲惫，那密密匝匝的针叶微微泛黄。

爹娘的墓，在墓园边上。我和弟弟沿着墓碑间的小径来到墓前。尽管每年的清明、春节我们都会来扫墓，但是墓碑上依旧挂了好些尘土。我和弟弟用毛巾轻轻地擦拭着。抚摸着那冰凉的碑身不知不觉的泪水就湿润双眼，虽说爹娘已走了好多年，可他们的音容笑貌依旧清晰地印在心田。

娘走的早，走的那年也是个早春，梅花刚落，桃花未开，冬的积雪刚刚开始融化，人们依旧穿着厚厚的冬装，只有那抖俏的帅男俊女穿的单薄，裹着五颜六色在春风中瑟瑟发抖。

娘自己是医生，那年心脏病发作要不是近水楼台发现得早，救治得及时，怕是那年便走了。出院的那天，娘戒了抽了一辈子的烟，用手遮着太阳，望着蓝蓝的天轻轻地说了句，"活着真好"！

后来的七八年里娘的身体一直是坏坏好好，时不时地便要住院。好在我和弟都在跟前，便轮着班地陪在娘的床前。娘怕耽误我们的工作不要我们陪，我们便想各种理由赖在娘的床前不走，听娘讲那已经讲了一百多遍的我们小时候的故事。

想起来，娘走的那天晚上她好像知道什么，往天弟弟来接班娘总是撵我快回去，可那晚她却拉着我的手迟迟不肯撒开。

我推着自行车刚刚出了医院的大门，手机响了，是弟弟打来的，"哥，娘的情况不好。"弟弟哽咽着对我说。还没等弟弟把话说完，我便把自行车往路边一扔就心急火燎地跑回娘的病房。娘躺在床上，想是听到了我的脚步声，那紧闭着的双眼微微地睁开，那条露在被子外面的胳膊动了一下，已经不能像往常一样拍拍床边，让我坐过去。我懂娘的心思，三步两步地凑到娘的跟前，轻轻地握住娘的手，娘的嘴角张了张一定是想说什么，可到底还是没有说出来。这时弟弟的手也紧紧地握过来，娘就这样握着我和弟弟的手咽下了最后一口气。

娘的一生很苦，很累，却很精彩。外祖父在娘3岁的时候就去世了，外祖母带着娘改嫁，这便使我们有了一个新的外祖父。娘12岁的时候，一个人离开家到沈阳远东医院做护工。每天早晨4点钟就要起来打扫卫生，晚上有时还要做到12点。一次，娘实在困得不行就坐在厕所的地上睡着了，结果脑袋上挨了院长狠狠的一文明棍，当时血流了一地。院长的恶行在医院引起了公愤，迫于压力，院方安排娘去学护士。就这样，娘因祸得福学成了护士。

1947年东北解放，娘也回到了家乡，也就是那一年娘考进了如今通辽市医院的前身——通辽县卫生院。第二年便当了护士长，那年娘17岁。

娘嫁给爹时才二十出头，爹比娘大八岁，眼瞅着就三十了。其实爹是二婚，是从前爷爷奶奶给定的亲，那个大娘嫁给爹不到一年就病去了，不然这个世界上就不会有我，更不会有弟弟妹妹们了。这件事爹一直没有告诉娘，直到爹60岁那年有个姓廉的中年人来给爹拜寿，说是大娘的弟弟，我该叫舅舅。就因为这件事娘两天没吃饭，直到爹一出走，娘才着了急。当我们把爹从老房子拽回来，娘给爹做了满满的一大碗鸡蛋面。

东北解放得早，县卫生院是1947年建院，打建院娘就在。娘眼看着这医院从县卫生院变成县医院，又从县医院变成盟医院，直至变成今天的通辽市医院。娘也从一个普通的护士变成了护士长，后来不仅成了一名外科医生，还有一手绝活，那就是皮下取异物。

生活中人们常常会因为意外把缝衣针、碎玻璃、铁钉甚至注射器针头扎到肉里，有的扎得很深，又看不见头，便需要手术取出。这种手术看似很小，但是由于异物的不同，刺入皮肉的部位不同，刺入的角度不同，有的甚至刺入很长时间才来，更有甚者，自己或是当地的什么诊所切开创口翻来覆去没有找见，才想着来医院，因此手术做起来难度还是很大的。就是那些大牌、名刀也会因此弄得焦头烂额灰头土脸。

说来也是稀奇，娘偏偏是这种病症的克星。无论什么样的异物，扎进什么部位，娘最终都会取出来。慢慢地竟然成了这种手术的权威，院里凡是接诊这样的患者，手术稍有难度便由娘来做。

那天中午，娘刚刚下班回来，正要做我们爱吃的酱茄子二米水饭，手术室的护士长丛月阿姨匆匆赶来，一进门就喊着"任姐，任姐，手术室有急诊，主任请你。"娘和她轻轻地耳语几句，便拿上老花镜急匆匆地走了。

晚上，早已过了下班的时间娘还没回来，我不放心，便去医院看娘。好在医院离家近，飞鸽车子脚下一蹬便到了。一进医院走廊，我就看到外科门诊手术室的门前聚着好几个人，果然是手术还没做完。我和候着的患者家属一样在手术室门外等了许久，手术室门头上的灯终于灭了，我知道这是手术做完了，娘等一会就会出来。手术室的门开了，丛月阿姨端着一个白色搪瓷盘走了出来。天哪！那盘子里竟然是二十几块沾满鲜血的玻璃碎片。

回家的路上，娘告诉我，那是一个女学生擦玻璃的时候和脱落的窗扇一起摔下来，好在不高，人没有摔坏，只是手掌、膝盖都扎进了碎玻璃。娘说，这是她职业经历中做过的最复杂的一个手术。为了把碎玻璃取净，不给孩子落下后遗症，她整整做了六个小时。

娘是连续几届的政协委员，她十分珍惜那份荣誉。娘的文化水平不高，还是在机关学校取得的高小学历。政协会上，娘的那份认真俨然就是一个专家学者，用她歪歪扭扭的字写提案，用她磕磕巴巴的话提意见。后来娘不当政协委员了，为这娘还纠结了好多天，直到退休后还常常为这不平。

娘走后，爹一下子就老了许多。起初那几年每到娘的忌日还一个人偷偷地流泪。

爹是木匠出身，建国前参加革命。"土改"的时候在明仁街当过街长，打锦州的时候带担架队上过前线。后来，在公安战线当过侦察员，在行署机关当过管理员，在矽砂公司管生产和工人一起下矿井，在二轻局当经理和职工一起卸过整车皮的煤炭。

爹的一生用他自己的话说，有三大骄傲，有三大遗憾。三大骄傲的第一大骄傲便是和中国共产党同年，1921年7月1日中国共产党成立，这天在山东莱州府王各庄一个婴儿呱呱落地，那就是我爹。

爹的第二大骄傲就是那年打锦州，爹带着担架队在战场上抬伤员，狗皮帽子让子弹穿了个洞，可他却连头发都没伤着一根。用爹的话说，那才叫悬，子弹要是稍偏一点，爹自己就叫人家抬回来了。

爹的第三大骄傲，从小到大爹给我们讲了无数遍。说的是爹在公安局当侦察员的时候，一个人带着把马牌撸子追捕土匪头子"四海"，跟了一天一夜，硬是在开鲁边上把他拷了回来。

爹的三大遗憾，一是恨自己没文化。爹的那点文化和娘一样是在机关学校攒下的。二是没能够在公安战线工作一辈子。所以让弟弟妹妹都当了一辈子警察。至于我，那是因为个子小，体检不合格，才当了教师。

爹的第三大遗憾就是60岁退休。爹是老革命，是离休。可他一直心有不甘，有空便说这共产党哪都好，就是60岁就不让干工作了不好。这身体好好的就成了块闲肉谁受得了。到后来，退下来的时间长了爹也就慢慢地习惯了。爹原来有个好习惯，那就是读书看报。离休的干部嘛，单位给订了好几种报刊，每次单位的刘哥把报刊给送到家来，爹总会核对好几遍，生怕落下哪样。再后来眼睛花得厉害看不成报了，每天电视的新闻联播便成了他的最爱，国家的大事小情，世界的风云变幻知道的比我们还清楚。爹最关心的是国家领导、军队将军的动态，每天下班回来，爹总会告诉你，某某省的书记进了政治局，某某将军当了某某军种的司令员。要是哪一天爹的情绪不高，那一定又是哪个开国元勋，或是哪个功勋将军离去了。

爹75岁的时候得了白血病，我和弟弟妹妹急得不行，可他却一点都不在意。我们几回买好车票，要带他去外地的大医院诊治，他坚决不去，他的原则是一要相信医生，二不去外地折腾。就这样，在本地医院治疗，难受了就去住几天院，没想到病情竟然一天天好转了。

爹是90岁的时候走的。爹走的时候，弟弟妹妹都在外地。那天晚上，爹说想吃点香的，我就给爹做了碗肉丝面，爹一辈子爱吃面。那天他把一大碗肉丝面连同两个荷包蛋吃得干干净净，连汤也没剩一点点。晚上爹说要睡个好觉便早早地上床了。大约10点多钟爹醒了，说是心里不舒服。我说去医院吧？爹不肯，可我还是给医院打了电话。就这会功夫爹便不说话了，只是默默地瞅着我。我轻轻地唤着"爹，爹！"爹就是不言语，一直睁着的眼慢慢地闭上了。我一遍一遍地给医院追着电话，救护车终于来了。可是爹却永远地走了。

多少年过去，有件事我就一直想不明白，爹走的时候为啥连一句话都不肯留下？后来一个偶然的机会我去了五台山，一个90多岁的长老解开了我心中的疑惑。他说"老人家好福气呀，走的坦坦然然，无牵无挂"。

人们都说岁月如梭，光阴似箭，不要说娘离开我们已经快20年了，爹也走了整整10年，就连我今年都已经70岁，步入古稀。

想来，爹和娘这一生真就没做过什么轰轰烈烈的大事情。平凡走来，坦然离去。印在我们心上的那份善良和执着就是他们留下的最珍贵的遗产。我们一样是守着这份善良和执着走到了今天。

"哥，回吧。"弟的呼唤把我从遥远的思绪中拽了回来。我抹了把老泪，拍了拍弟弟那也有了些弯曲的腰。自言自语地说："老了，老了。"弟弟笑了，笑着抹去挂在腮边的泪痕。

老圃拾珍

LAO PU SHI ZHEN

读学仁先生的《科尔沁草原深处》

研一池香墨，

铺满一地素笺。

用一腔豪壮写下塞外百年的沧桑，

用一段柔情牵出草原深处的缤纷。

篇首的红枫，

用万千霜叶点燃了一个灿烂的节日，

用如火的热情敞开一个宽阔的心胸。

和草原的那个约定，

用一脉溪水连起八方好友，

用一碗奶酒醉了四海亲朋。

那藤蔓牵着的记忆，

让我们回到油灯照亮的日子，

回想起依偎在娘跟前缠绵的岁月。

那一张老照片，

不仅仅记着从前生活的艰辛，

还诉说着爹娘那如山似海的恩情。

那一对老夫妻，

不仅仅诠释着世情百态的浪漫，

还诉说着生活中那白头偕老的爱情。

你把一串串精美的文字，

化作一颗颗饱满的果实，

让人们品尝了五味杂陈的心路。

你把一篇篇酣畅的佳作，

化作一阵阵温润的细雨，

让人们体味了苦辣酸甜的人生。

你记着，

许许多多的新时旧事。

你记着，

平平淡淡的巷趣街景。

如今，

你美丽着生活，

你美满着心情。

如今，

你放飞着梦想，

你憧憬着来生。

你追溯，

大漠孤烟，

长河落日。

写古庙，

话箭神，

想告诉人们往朝兴衰。

你渲染，

高原灵境，

洱海光影。

写高铁，

话长车，

想告诉人们今国雄风。

你想在一种穿越中放声歌唱，

让你的歌声响彻时空。

你想在一段记忆里纵情欢笑，

让你的欢笑变成永恒。

当我读完这本文集的最后一页，
又把娟秀的封面合拢。
指间流满芳香，
心际一片空灵。

我骄傲着作家的风采，
我沐浴着文华的光明。

我从今，
藏拙笔，
重温《随园诗话》。

我从今，
理旧宣，
再习《文心雕龙》。

冬与春

送一程，
冬的冷月；
迎一缕，
春的暖阳。

风浅浅地，
呼唤着岸绿。
田野里，
依旧弥漫着，
淡淡的雪香。

吟一首，
我的旧词；
弹一曲，
你的新唱。

蝉悄悄地，
伸展着涌动。

冻土下，
依旧禁锢着，
萌萌的张望。

冬要去了。
放不下的留恋，
有千山披银，
万壑飞雪，
有枝缀凇凌，
原驰蜡象。

春要来了。
挡不住的温柔，
有檐下滴水，
崖畔涌泉，
有鹊理旧巢，
蚁筑新墙。

冬不愿离去。
趁着淡淡的月色，
依旧倔强地，
把地上厚厚的雪，
变成窗棂上薄薄的霜。

春急着要来。
牵着柔柔的阳光，
已然嬉戏着，
把湖面硬硬的冰，
弄得满身是细细的伤。

我从冬的凝重走来。
身后的脚印，
像一行石刻的文字，
记下了，
走出阴霾的喜悦；
记下了，
压在心底的痛伤。

我向春的温柔走去。
眼前的心路，
像一幅墨染的画卷，
舒展着，
铺开愿景的蓝图；
舒展着，
挂在眉梢的欢畅。

冬啊，

别再迟疑。
没看见，
那雪白的长裙，
已染上淡淡的绿。

当心，
那骄傲的春阳，
伤了你的面庞。

春啊，
不要着急。
没看见，
那青黛的远山，
还存着薄薄的雪。

当心，
那无情的春寒，
毁了你的花房。

四季的更迭，
让我们，
一直存着企盼。

人生的起伏，
让我们，
一直有着希望。

一季连着一季，
一季有一季的本色。
春夏秋冬，
各有各的时光。

一年连着一年的，
一年有一年的精彩。
东西南北，
各有各的模样。

四季，
在岁月的流淌中，
相随相牵。

四季，
在年华的沧桑里，
相思相望。

冬，

渐行渐远；
春，
用她的温柔，
轻轻地抚摸着，
冬留下的冰雪。

让她们，
悄悄地融入，
春的合唱。

春，
愈来愈近；
冬，
用她的依恋，
静静地回望着，
春带来的暖风。

看她们，
渐渐地覆盖，
冬的陈装。

年华诗酒，
留下一章，

冬的凄美。

岁月词茗，
留下一阕，
春的张扬。

冬，
曾用一捧晶莹，
覆尽千山万壑。

春，
曾用一缕清风，
吻遍万水千江。

一样的，
让人在痴痴的等待中，
用魂魄相守。

一样的，
让人在默默的期盼中，
用心灵相望。

想你，

我的冬月。
盼你，
我的春阳。

想你，
我的冬月。
盼你，
我的春阳。

春五首

问 春

门扉旧符盼墨新，
灶头老君香火勤。
塞外依旧纷纷雪，
不知与谁相问春。

觅 春

轻裘布履踱长堤，
浅雪薄冰寻小溪。
莫说春来不见春，
且看蚁穴堆新泥。

迎　春

三月桃花粉如云，
十里柳丝绿染巾。
轻衫知暖风拂面，
新蕊留情香入心。

惜　春

五月梨园雪花乱，
蝶摇蜂飞不忍见。
浅浅春来匆匆去，
匆匆春去浅浅叹。

送　春

一双紫燕入新墅，
两缕青藤上旧台。
细雨清风送春去，
万紫千红迎夏来。

端阳六趣

采 蒿

翠堤长桥人声喧，
碧水绿岸花如团。
锦罗轻衫谁家女，
手执艾枝叶正鲜。

佩 香

四色彩线绣香囊，
五味新草喻衷肠。
侬把初心送君佩，
君行千里莫相忘。

沽 酒

百草皆为药，
端午性最强。
一壶雄黄酒，
五毒莫敢伤。

放 鸢

清晨早早起，
莫待日中天。
一线放殃去，
阖家报平安。

竞 舟

旌旗烈烈战鼓喧，
舟在江湖龙在天。
只待一声号角起，
千舸竞发箭离弦。

尝　粽

正是五月好时光，
暖风和煦颂吉祥。
端午佳节如期至，
百味香粽待君尝。

清明九首

一

软软春风渺渺烟，
肃墓青冢飞纸钱。
长长思念拳拳情，
父母深恩铭永年。

二

一树杏花初绽，
两岸青柳更颜。
三月春阳正好，
四野陌上飘烟。
又是清明念亲时，
多少往事在心田。

三

春柳初绿晓风寒，
三月飘雪如纸钱。
又见清明烟含泪，
无限哀思锁长塬。

四

枯草方绿又清明，
旧冢新香寄衷情。
家慈音容依稀在，
孝子已成白头翁。

五

又是清明四月中，
塞外依旧雪绒融。
虽说远山春来晚，
当有半坡桃花红。

六

四月暖阳芳草青，
夜半倚窗听雁鸣。
忽然一日东风雨，
杨柳依依绿满城。

七

一捧金菊三炷香，
深情满怀泪两行。
大碗老酒我先醉，
与君碑前话衷肠。

生时曾约同日死，
奈何阳寿有短长。
莫怨兄弟归程晚，
年年清明未敢忘。

八

清明时节雪纷纷，

天寒路滑少行人。

莫问酒家何处有，

小炒家烧也销魂。

九

东风细雨春日好，

花开蝶飞雁归早。

昨日清明忙种麦，

今又谷雨犁破晓。

七 夕

云掩七夕月，
风拢九色纱。
星落银河里，
鹊欢长桥下。

织女白发如流水，
牛郎苍髯似雪花。
王母应悔当年事，
天上人间是一家。

今又重阳

晚秋风凉，
老圃菊黄。
残红铺石径，
落叶满荷塘。
时光如溪入海流，
岁岁重阳，
今又重阳。

霜月星稀，
冷苑夜长。
湘箫鸣心曲，
瑶琴话沧桑。
岁月如歌逐云去，
岁岁重阳，
今又重阳。

多少流年，
在手中揉碎。

多少往事，
在心头珍藏。

多少亲人，
在眼前离散。
多少挚爱，
在梦里相望。

多少回重阳节，
芳华在节日里远去。
多少回菊花黄，
青春在花丛中流淌。

多少回重阳节，
激情在节日里消退。
多少回菊花黄，
思念在花丛里遗忘。

七十年前，
我给爷爷贺重阳，
小脸贴着他粗糙的老脸，
小手摸着他漏风的牙床。

七十年后，
孙子给我贺重阳，
小嘴亲着我铮亮的脑门，
小脚搭着我干瘦的肩膀。

几分甜蜜，
幸福着隐隐的苦涩。
几分惆怅，
温暖着淡淡的薄凉。

几许欢乐，
美好着浅浅的期待。
几许迷茫，
遥望着远远的天堂。

也许，
在下一个重阳，
为妻插黄花，
只影倚画廊。

也许，
在下一个重阳，
为君话茱萸，

孤灯映西墙。

趁着九月还在，
用秋水研墨。
水墨轻扬处，
往昔成卷。

趁着菊花还黄，
用长天做笺。
瘦笔生花时，
今生留香。

新 作

七　绝

一缕清风入夜窗，
半镰残月照西塘。
蝉声依旧芙蓉老，
落叶悄然逾画梁。

七　绝

半掩轻衣半掩窗，
几回秋雨几回凉。
湖光潋潋箫声远，
水色依依琴韵长。

七　绝

当年折柳岸边抛，
岁月浮沉路渺遥。
宦海归来鬓如雪，
一阴覆盖万枝条。

七　绝

宦海孤帆小木船，
明堂瘦笔半方田。
文章锦绣无人晓，
济世经纶有人嫌。

七　绝

秋原一色向天边，
细水千姿出远山。
孤雁悲声挥不去，
轻烟乘雾上九天。

五　绝

红花临寒谢，
黄叶随风飞。
君若情常在，
莫忘携酿归。

五　绝

秋深浮云远，
岁暮好人稀。
对月一壶酒，
临风霜染衣。

春　种

春种不觉早，
鞭声惊宿鸟。
霞云迎日升，
泥浪覆青草。

无 题

一人一语一世界，
一叶一花一菩提。
半醉半醒半沉浮，
半生半死半飘离。

晚 秋

风摇芦絮飞，
霜染枫叶彤。
孤雁去声远，
秋雨遮晚亭。

初 夏

昨夜风雨今日晴，
绿野滴翠朝阳红。
喜见新荷带露开，
欣闻归燕着檐停。

知　音

雨打红花落，

霜染绿叶黄。

天高清日远，

云淡冷秋凉。

更深箫声近，

帘垂琴韵长。

知音在何处，

与我共彷徨。

登山遇雨

峻岭巅峰景致新，

轻衣布履自登临。

风吹林啸惊魂魄，

雨骤山倾骇鬼神。

五　绝

入夜狂风骤，
出晨雨带霜。
枯枝摇冷霭，
落叶满花塘。

今夜的月亮

今夜的月亮迟到了，
可是丢了玉兔，
还是醉了吴刚？
当你轻轻地撩开云纱，
悄悄地飘来的时候，
带着一脸羞涩的妩媚，
洒下一地温润的清凉。

今夜的月亮迟到了，
误了多少约会，
急了多少情郎！
当你静静地挂在天边，
柔柔地微笑的时候，
美了树下依偎的男女，
浓了杯中清冽的酒香。

我望着月亮，
心中想着很远的地方，

那里有一只纤手，

在拨响我的琴弦；

那里有一腔思念，

在抚摸我的心房。

我们相约，

在月亮升起的时候，

一起去相互祝福。

我们相约，

在月亮升起的时候，

一起去诉说祈望。

我不知道，

你家的月亮是否也会姗姗来迟？

可我知道，

你一定是倚在窗前，

哪怕连星也被层云隐去，

哪怕连窗也被秋雨遮挡。

因为我懂，

什么才是你心中那片月光。

我望着月亮，

眼里闪着晶莹的泪光。

心里有千言万语，

多想去对你倾诉；

心里有千歌万曲，

多想去为你倾唱。

我们相约，

在月亮升起的时候，

一起去举杯畅饮。

我们相约，

在月亮升起的时候，

一起去秉烛燃香。

我不知道，

你家的月亮是否也会姗姗来迟？

可我知道，

你一定会彻夜无眠，

等着那云终被清风吹散，

等着那雨终被浮云带远。

因为我懂，

月亮里藏着你心底的热望。

读万年先生《西窗吟草》

积墨抒宣旧城东，
攒珠吟草蒿斋中。
谁说今文无古意，
且看西窗起大风。

读雪文先生诗作

志存高远立意新，
怀蕴深厚思绪勤。
雪文一支乾坤笔，
花开花落总是春。

安秀芹画作赏析

一抹青黛，

两滴嫣红，

三四枝桠缠绿，

五六蜂蝶邀容。

嫩竹叶叶泪，

老梅枝枝彤，

野菊篱下花黄，

秋荷风里凋零。

有松之苍劲，

有柏之隽永；

有迎日唱晓的雄鸡，

有伴月聊情的夜莺；

有思春仕女怀绪，

有恩爱丹鹤交颈。

宣上染尽了风霜雨雪，

笔端流淌着春夏秋冬。
七彩里描画万里锦绣，
寸豪间书写千尺深情。

未曾忘，
故乡厚土的芬芳。
未敢忘，
乡亲淳朴的面容。
用满腔涌动的挚爱，
画一幅精彩的人生。

老圃情怀

家有美心半方田，
人誉抒情小菜园。
唤醒东风铺六色，
牵来细雨染五颜。
清明未至栽蒜苗，
谷雨来时把豆掩。
两垄春葱根根绿，
一畦秋菠棵棵甜。
茄子辣椒西红柿，
萝卜白菜紫甘蓝。
黄瓜实芹样样有，
南瓜香菜种种全。
葡萄旧藤盘屋后，
杏李新蕊艳窗前。
樱桃滴翠宝石红，
马莲流秀翡翠蓝。
核桃树高花开迟，
苹果枝茂叶正繁。

老圃居家多欢乐，
浓墨重彩话余年。

四君子

探　梅

经年不识梅，
只闻梅开早。
踏雪探新梅，
方知梅最好。

品　兰

涧草陌篷叶同裳，
园植亭育花重阳。
不与群芳竞颜色，
长随清风送暗香。

知　竹

盘根抱石半山腰，
破土穿云节节高。
芊芊迎风摇青色，
一枝滴泪入湘箫。

怨　菊

春风春雨春阳日，
芳粉芳菲芳艳时。
我喜菊韵千千阕，
菊拂我心深深迟。

迎财神

天下无人不求财，
有心无缘难入怀。
一己若存众生念，
千金散尽还复来。

晚　情

青芳香尽余晚情，
情历沧桑雨后晴。
晴日斜看夕阳醉，
醉望锦霞映松青。

无　题

独上西楼，
半窗残月，
一腔愁。

昨日看春，
碧池新荷带露，
翠堤嫩蕾含羞。

流莺浅唱，
草虫低鸣，
粉蝶成双飞过头。

独上西楼，
半幅素宣，
一心忧。

今日听秋，
长空雁去声远，
老圃蒂落瓜熟。

焦尾意碎，
湘箫情休，
落红成泥付东流。

霜凝菊香，
雾染枫红，
飞絮如雪怨清秋。

江水为墨，
浮云做笺，
写不尽思绵绵。

大地为琴，
经纬做弦，
唱不尽念悠悠。

看黄叶无风自落，
听暮蝉昏日喋喋，
几多软语向谁诉。

看冷雨无声成溪，
听紫燕冷夜啾啾，
几许牵挂在心头。

影　子

你，
有时臃肿，
有时修长。

你，
有时坚定，
有时彷徨。

你，
有时静静地，
匍匐在我的脚下。

你，
有时悄悄地，
依偎在我的身旁。

风中，
你与我起舞。

雨里，
你陪我忧伤。

涧径，
你随我探幽。
花丛，
你伴我寻香。

我从不担心，
你离我而去。
哪怕是在沉沉黑夜，
划一根火柴，
就能看见，
你谦卑的模样。

我从不在乎，
你改头换面。
哪怕是在茫茫大海，
瞅一眼浪花，
就能找到，
你欢欣的波光。

人生，

会有许多朋友。

曾经，

山盟海誓的风雨同舟，

常常只是想往。

人生，

会有许多亲人，

曾经，

海誓山盟的不离不弃，

常常只是企望。

只有影子，

富贵了，

随你，

在灯红酒绿里招摇。

只有影子，

贫困了，

随你，

在风餐露宿中流浪。

你化作一片云，

他也会，

在大地上，
追逐你奔跑。

你化作一缕烟，
他也会，
在蓝天里，
陪伴你游荡。

有一天，
我们真的老了。
在夏日的晚霞中，
影子，
会和你一起分享，
那缤纷的晚景。

有一天，
我们真的老了。
在冬月的斜阳里，
影子，
会和你一起沐浴，
那最后的时光。

跟着你，

影子从不犹豫。
无论你去的，
是天涯海角。

跟着你，
影子从不犹豫。
无论你去的，
是地狱天堂。

豪 酒

塞外红粱日月精，
边城老池山水灵。
酒旗招招英雄胆，
家烧烈烈豪友情。

大 雪

一夜飘雪。

因为要远行，妻便早早地起来做饭。离出发还有一会，我迷瞪着赖在床上。忽然妻在楼下大呼小叫起来，"老东西，你走不成了，走不成了"。我以为出了多大的事情，顺手拽件衣服光着脚便跑下楼梯，只见妻在使劲地推着房门。见我下来，她满脸惊奇地冲我嚷嚷着："你看，你看，这是下了多大的雪，门都推不开了。"顺着妻的手望去，天哪！这是下了多大的雪？院子里的一切都被厚厚的雪盖住，窗前那窝风的地方，积雪已经毫无顾忌地爬上了窗台。入秋栽的那几棵两尺多高的小树不见了踪影，院里像一泓雪池，白白的、平平的，风吹过，那雪池仿佛在涌动着。院外那棵比我年龄还大的老榆树，树冠完全被雪盖住了。尽管那枝枝桠桠依旧倔强地挺拔着，可我已经听见了那正在断裂的呻吟。

这场雪从昨天下午便开始下了。起初并没被人们看好，开始是雨，后来变成了冰粒，入夜才变成稀稀疏疏的雪花。真的没想到，就这稀稀疏疏的雪花一夜间竟然铺天盖地。

多少年了，在我的记忆里冬天的雪一年比一年少，一年比一年薄，有几年竟然一冬无雪，只是在眼瞅着就要开春了才下那么一两场十分吝啬的小雪，算是把冬和春划一个分野。

我们小的时候，几乎一个冬天都是伴着雪度过的。那时的雪真大真厚，天也真冷。没有那么多人，那么多车，那么多的高楼大厦，那么宽敞的柏油马路。

雪后，无论是瓦房、平房、土房，家家的房顶上都盖了厚厚的一层雪。时不时地便能听到谁家的房子被雪压塌了的事情。路面连同路边的沟沟坎坎都被雪盖得严严实实。

最先在那平平的路面上留下一行脚印的人便是开拓者。于是人们便沿着他的脚印走来走去就有了路。那时的雪不会很快化掉，那条路也会一直延伸下去。几天下来，那条路还会生出许多支支岔岔通向四面八方。

路很窄，人们对面走来总会互相谦让，总会有一个人站在一两尺深的雪里让对面的人先过去。特别是那些少先队员见到有人从对面走来，便早早的站在雪窝里等着让人先过。那些青年男女更是彬彬有礼，据说有人就因为这一让竟成了终身伴侣。

现在的孩子们一提到雪便联想到堆雪人、看雪雕，那时候的我们对这不感兴趣。我们最喜欢的是打雪仗。课间操甚全放学了还不肯离校，依旧在操场上追逐嬉戏，自然分成两伙的孩子们，用冻得通红的小手攥成一个个雪团相互抛打。尽管双方约定了不许打头打脸，可玩得高兴了谁还管这些，一个雪团"砰"地一下打在脖子上，冰碴顺着领口溜进后背前胸，那滋味让我现在想起还禁不住打冷战。

今年的这场雪虽说来得有点早，有点让人猝不及防，可还是让那些年轻人，甚至是三十几岁、四十几岁的人们着着实实地看到了什么是大雪封门，什么叫原驰蜡象。我们这些老人也禁不住在心里轻轻地呼唤着，回来了，童年的雪。

圆月在心中

人们，总是把圆月当做美的象征。其实，真的月离我们很远很远，真的月宫也很冷很冷。尽管传说中嫦娥是那么美妙的仙女，可有几个凡人，真的就向往月宫的琼楼，和天上的寂寞。不要说吴刚日日伐桂的辛劳，就是那玉兔至今也仍是单身，心中怎能有欢乐。

其实，人们看的是天上的月圆，其实，人们想的是心中的圆月。八月中秋，燃一支香，沏一壶茶，摆几样果，遥望那轮明月缓缓升起，就仿佛看到了，在外的游子，逝去的亲人，只因为，那是个阖家团圆的日子。

正月十五，月又圆了，于是，那缤纷的焰火，便装点起星光灿烂的夜空。那如潮的人们，便涌向那花灯锦簇的长街。

只因为，那是个普天同庆的日子！

即便是，八月中秋落雨，正月十五飘雪，天上无月。可人们心中照样有月，心中的明月依旧会冉冉升起，那是，祈盼和祝福，相思和怀念，无数个美好心愿。

冬

尽管，门前的那棵老树上依旧挂着的几片枯叶在瑟瑟的风中摇曳着不肯飘去，可随着那渐渐爬上窗棂的霜花，冬还是一如既往地来了。

先是冷几天暖几天，荷塘里的冰也是结了又化，化了又结。后来就不是了，天一直冷了下来，那湖面上的冰也越发晶莹。

厚厚的棉衣，终于老老实实地穿在了帅男靓女们的身上。

比起春的招摇，夏的热烈，秋的丰硕，我更喜欢冬的凝重。如果说春是一支咏叹调，夏是一首进行曲，秋是一场交响乐，那么冬就是一篇严谨的格律诗，冬的一切都是那么有条不紊一丝不苟。

冬日，岸边的柳不再像婀娜少女飘逸着的舞姿，倒像一排排士兵警惕地守在堤岸。风掠过她光秃秃的树枝，发出尖细的嚣叫，仿佛在相互传递着什么信息。

池塘里的荷早已凋零。衰败的枯叶有的依旧蜷缩在干硬的荷花梗上在风中发抖，有的还没有干透便随着折断的梗被冻在冰面下，望去极像一张张表情各异的脸，也像一幅淡淡的水墨画。

空气里弥漫着一丝甜甜的香，那是烤地瓜的味道。还是那个路口，还是那个老汉，还是那个用汽油桶做的烤炉，还是那声吆唤。这情这景，这味道，都会很久，今天明天后天一直不变。

下雪了，这在多少文人墨客笔下，含情韵意气象万千的雪，来得也是那么悄无声息。轻轻地，静静地把一切一切银装素裹，给人们只剩下一望无际的静美妖娆。

岸边、园中、路旁，各种各样的树上挂满了冰凌，像晶莹剔透的花。尽管，一串串冰凌压得它们低下了头，弯下了腰，可它们依旧默默地看着人们从身旁走过，不摇不动坚守着心中的凝重。

有人说，冬有点沉重，其实是有道理的。人生有如四季，如春的蓬勃，如夏的红火，如秋的绚丽，唯有冬，把这一切归于平静。冬，毫无怨言地承载你一生所有的欢乐忧伤、平淡和辉煌，她一定会多些沉重。

有人说，冬有点严肃，其实也是有道理的。冬，毫不留情地圈点着你一生所有的功过是非、成功和挫折，难道不是一件非常严肃的事情吗？

有人不喜欢冬，除了不喜欢冬的寒冷还不喜欢冬的平淡，说冬无花，无香，说冬无色，无趣。

谁说冬无花？当那漫天飞雪嫣然落下的时候，那绝美的雪花难道不是无与伦比吗？伸出你的手，让一片雪花轻轻地落在手心，看着那晶莹的花瓣，在你的手心，变成一滴凉凉的水珠时，你便看完了一季的花开花落。

谁说冬无香？在那雪后的清晨，你推开房门，深深地吸一口新鲜空气的时候，那凉凉的清新充满你肺腑，那美美的感觉，那甜甜的感觉，不正是冬的芬芳？

冬的颜色确实不像其他季节那样五光十色，那样七彩缤纷。可冬却让万物都露出了她本来的模样。红砖、绿瓦、灰墙，山青、雪白、草黄，那种沉稳和真诚，不正是冬的颜色吗？

冬的趣，一点也不亚于那几个季节，只是你没在意罢了。

那日踏雪有点累，便在公园的长廊边坐下，几只鸟从头顶飞过。于是，我想起了小时候每当下过大雪，鸟儿无处觅食，便成群地在天上飞来飞去，忽而东，忽而西，真是飞来像一阵风，落地像一片云。

雪后的太阳有点懒，直到公园里的人多了才缓缓地升起。那些最先到来的人们有的背着长枪短炮摸爬滚打，那一定是专业摄影师，有的拿着手机东串西跑到处乱照那应该是业余爱好者。

过了一会人更多了，好些是一家一家来的，年轻夫妇带着孩子来抢雪景。一忽儿树下，一忽儿路边，一忽儿冰湖，一忽儿假山。

一个孩子摇了一下树，树枝上的积雪便成团地落了下来，正好砸在自己的头上弄得满身满脸，我以为他会哭，没想到他却笑了，笑得那么天真，那么香甜，难道这不正是冬趣吗？

曾有无数的人赞美冬，有开天辟地之伟人，有承前启后之圣贤。一诗、一词、一歌，一赋，或其势磅礴，或其情委婉，或其胸怀气吞山河，或其景色旖旎万千。我爱冬，更是因为冬在完美地送走过去的一年同时，又把新的希望铺展在我们的眼前。

英国的著名诗人雪莱，在他的《西风颂》中这样写道：冬天来了，春天还会远吗？

读　月

正月十五的月亮，搴着太阳早早地便挂在东边的天空上，也许是刚刚升起的缘故吧，那轮月有些朦胧，有点淡黄，看去更是平添了几分妩媚，几许迷茫。

相比仲秋，我更喜欢上元的月，那倒不是因为哪个更美，哪个更亮，只是觉得仲秋的月一眼望去，心中便充满了沧桑，平添了惆怅，那月光洒下的是两厢离愁，一地清凉，而上元的月仿佛离着我们更近，那月光也仿佛更温柔，月光下，那已经开始融化的残雪薄霜也像是有了一丝暖意。

午夜，烟花散尽琴瑟声杳，尽管有几片云依然缭绕在月旁，月还是添了许多清亮。

人们常常把许多的相思相念寄托给仲秋的月，其实上元的月也是一样。

每年春节，家里的人们总是在除夕守夜，我却在元宵夜一个人静静地守着，望着月在中天，任思绪飘向很远很远的远方。想着儿时的青梅竹马，想着校园的萌情初恋，念着青山脚下的炊烟，念着草原深处的毡房。

前些年，望着月还有许多感慨，常常为当年的得失

无边丝语 WU BIAN SI YU

不平，常常为曾经的对错不甘，一直盼望岁月重拾，一直梦想时光倒流。

这些年不了，虽然往事历历在目，但只是在细细地回味着，像品尝着一瓶陈年老酒，少了几分浓烈，多了几许酣畅。

明月时时有，

把酒问苍天，

春夏秋冬四季，

可知人心冷暖？

许多人向月问情，向月说爱，其实仲秋的月也好，上元的月也罢，情不在月在人，爱不在月在心。月，只是用她的那一片明亮，点燃了你的火花，滋润了你的心田。

后　记

当我把这本诗文集捧献给想我、爱我、关注我的朋友们时，心里依旧是那份歉疚、那份忐忑。记得我刚刚着手这本诗文集时，大家就一再告诫我，作品不要选得太多，要精。但我还是这也舍不得放下，那也舍不得放下，到底搞了300多页。作品多了便杂、便乱、便粗陋，这里我诚心诚意地请大家原谅我的贪婪。

再有，就是在诗歌创作过程中，我试图寻找一条现代诗和古体诗相结合的路子，尝试在继承中国诗歌的现实主义、浪漫主义传统，充分运用赋、比、兴等手法的同时，以实际生活的情景为题材，以对现实生活的抒写为主调，以简单质朴的日常用语抒发情感。并力求句式整齐对仗、整体勾连、灵活自然、合辙押韵。这条路能否走得通也诚恳地希望能得到大家的帮助。

在这个时刻，我首先要感谢彭志信先生、欧阳春晓先生为本书设计封面，我特别喜欢这个封面。我还要感谢崔丽君老师为本书校误勘错付出的心血和陆文学先生、乔子良先生为本书的出版付出的辛勤努力。同时，我还要感谢高万年先生、郑学仁先生对本书的创作一直以来的关心帮助。还有中国文史出版社和本书的责任编辑赵姣娇老师，在本书的编辑、出版、印刷过程中所体现的专业精神及对作者认真负责的工作态度，我将永远铭刻在心！

铁　治
2021年6月17日于通辽"藏情斋"